KB271491

B 야구 생각

박광수

나는
야구에서
인생을
배운다

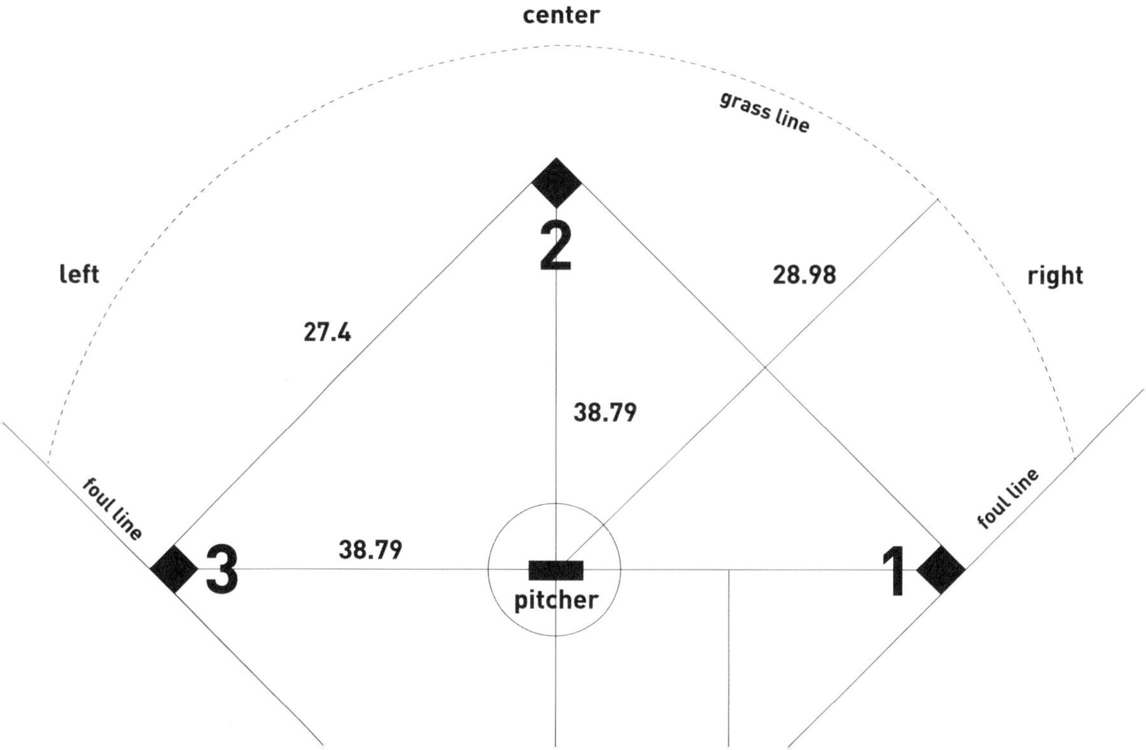

BASEBALLTHOUGHT
PARKKWANGSOO

I LOVE
BASEBALL

거의 모든 구기 종목의 운동은
감독과 선수가 다른 옷을 입는 반면
야구는 선수와 감독이 같은 유니폼을 입는다.
그만큼 팀워크가
중요한 운동이라는 반증.

BASEBALLTHOUGHT
PARK**KWANGSOO**

대부분의 구기 종목 운동이
특정 선수에게 기회가 편중되어 있다.
야구를 제외한 구기 종목은
점수를 획득할 수 있는 포지션의 선수에게
거의 모든 기회가 주어지는 반면,
야구는 순번이 정해져 있으며
그 순번에 따라 모두에게
균등한 기회가 주어진다.

야구는 실패의 운동이다.
열 번의 기회 중 세 번 이상만 안타를 쳐도
특급 선수가 될 수 있다.
그래서 야구는 삼진을 발판으로
홈런을 만들어내는 것이다.

야구는 앞의 사람을 인정하며 뛰는 운동이다.
내가 아무리 빠르다고 한들
선행 주자를 앞서 홈으로 들어오면 아웃을 당한다.
그렇게 인생의 순리를 배워나가는 것이
야구다.

글러브(glove)의 철자 중 'g'를 빼면
love만 남는다.
<u>글러브 안에는
사랑이 있다.</u>

1위가 아무리 강팀이라고 해도
승률이 7할을 넘지 못하고,
꼴찌팀이 아무리 못한다고 해도
3할 밑으로 떨어지기란 쉽지 않다.
그래서
꼴찌가 일등을 이기는 운동,
<u>그것이 바로 야구다.</u>

prologue

나 만화가 박광수는 올해로 사회인 야구 16년차다.
16년 동안 아주 더운 여름에도
그리고 아주 추운 겨울에도 한 주도 거르지 않고 야구를 해왔다.
내가 살면서 쌓은 인맥의 전부가 야구팀이라고 해도 무방할 정도로
내가 좋아하는, 그리고 좋아했던 사람들은
잠깐씩이라도 나와 함께 한 팀에서 야구를 했다.
그중에서는 야구가 싫어 팀을 떠난 사람도
내가 싫어서 팀을 떠난 사람도
또 피치 못할 사정으로 팀을 떠난 사람도 있다.
그렇게 많은 사람들이 오가며 지금의 굳건한 팀으로 자리 잡은 것이다.

난
야구가 좋고,
야구장이 좋고,
야구장에서 만난 사람들이 좋다.

올해로 마흔다섯.
빼도 박도 못하는 사십 중반 중년의 나이지만,
누군가 내게 야구가 왜 좋은지 이유를 대라면
다른 어느 때보다 활기차고 맑은 눈빛으로
야구가 좋은 백마흔다섯 가지 이유를 댈 수가 있다.
그중 내가 으뜸으로 삼는 이유는 함몰된 일상에서 벗어남에 있다.
내 나이쯤 돼서 사람을 만나게 되면 거의 대부분이 일로 만나는 경우다.
그건 어렸을 때 친구를 만나도 마찬가지고,
나이 들어 만난 최근 친구도 마찬가지다.
주식이 얼마가 올라서 얼마의 이익을 봤다더라,
누가 승진했다더라,
어떤 친구가 차를 뭐로 바꿨다더라 등등.

배 아프고 약 오르고 살기 위해 아등바등인 이야기가 대부분이기 마련이다.
하지만 내가 서는 야구장 풍경은 사뭇 다르다.
사회인 야구를 하는 사람들은 직업군이 다양하다.
누군가는 사업을 하기도 하고,
또 누군가는 학교 선생님이기도 하고,
누군가는 돈이 많고, 또 누군가는 가난하다.
야구장을 벗어나서는 나이도 따지게 되고 누가 돈이 많은지,
어느 줄에 서야 내가 이득인지,
저 사람과 만나면 사회생활하는 데 도움이 될지를 따지게 되지만
야구장에서는 그런 풍경이 낯설다.
야구장에서 가장 중요한 건 자신과 상대방이 지난주에 몇 타수 몇 안타를
쳤는지 뿐이다.
직업의 귀천을 떠나게 되고 돈이 많고 적음이 중요치 않게 된다.
그저 누가 더 야구를 잘하는지가
중요할 뿐이다.
이른바 야구장에서는 야구를 잘하는 사람이 왕인 것이다.

중년의 나이쯤 되면 '밥벌이의 지겨움'에서
결코 자유로울 수 없다.
가족을 건사하기 위해 신경 써야 할 것들이 세상에 지천이다.
때마다 거래처에 잘 보여야 하고,
자신에게 월급을 주는 사람의 비위를 맞추어야 하며,
가끔은 내키지 않고 하기 싫은 일도 밥벌이를 위해
기꺼이 해야만 할 때가 비일비재하다.
그렇게 주중 내내 세상 모든 잡스럽고 아등바등인 일들에 골머리를 썩다가
야구를 하러 야구장에 온 순간 세상으로부터 얻은 허명,
그동안의 골치 아픈 일들, 또 내일이면 다시 시작되는 고민을
잠시 내려놓고 오직 하얗고 작은 공에만 온 신경을 집중해 쫓는 일은

정말 가슴 두근거리게 기분 좋다.
팀을 위해 자신의 모든 플레이에 신중을 기하고
같은 팀원들의 사기를 북돋우며 정직하게 흘린 땀으로
한 주간 쌓인 세상의 때를 벗겨낸다.

땀 없이는 달콤함도 없다.
야구장에서는 모든 사람을 존경하고 아무도 두려워 말라.

최상을 기대하라.
그리고
언제나 최악의 상황에 대비하라.

야구
생각
박광수

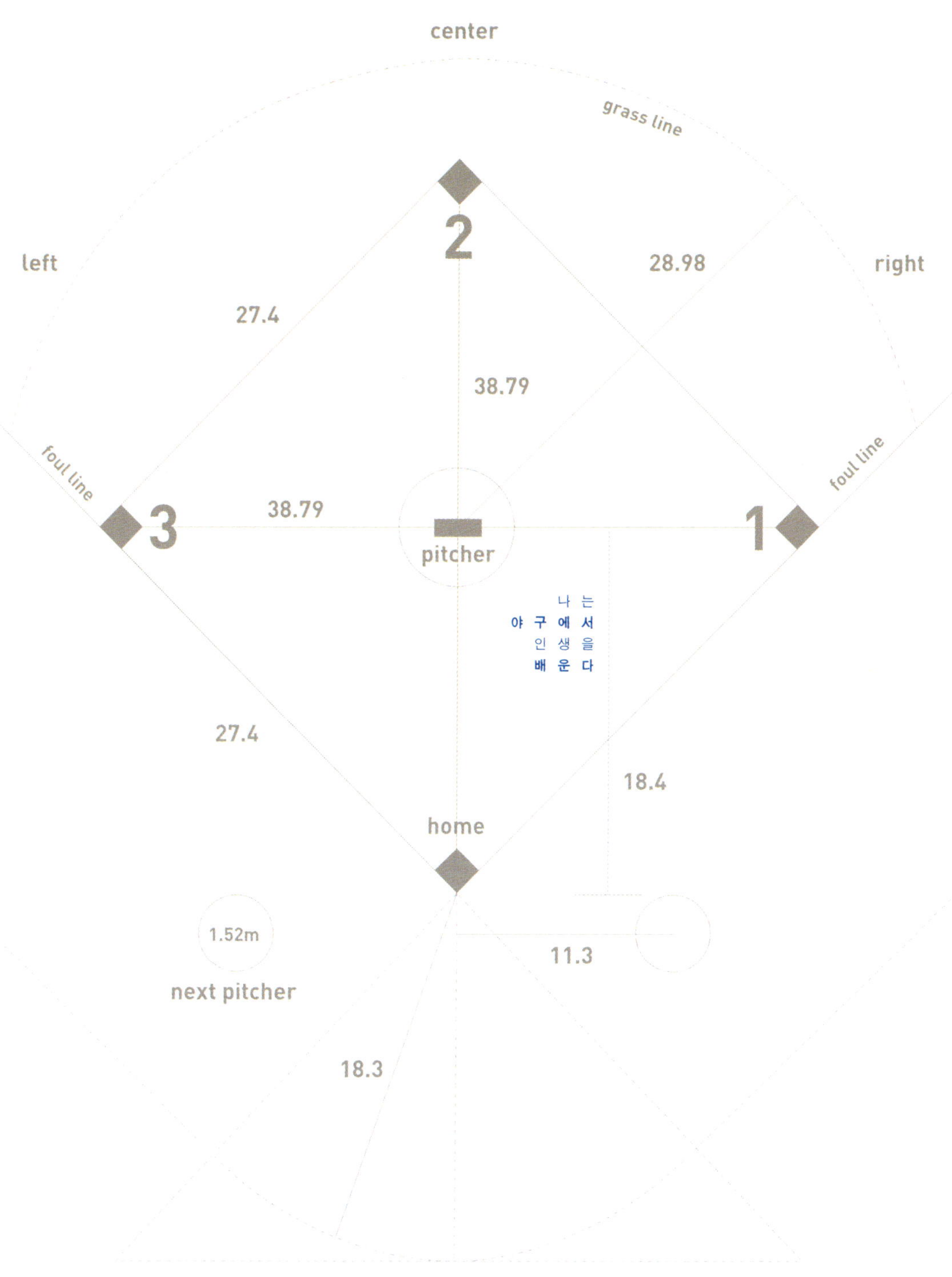

center
grass line
left
right
28.98
2
27.4
38.79
foul line
foul line
38.79
3
1
pitcher
나 는
야 구 에 서
인 생 을
배 운 다
27.4
18.4
home
1.52m
11.3
next pitcher
18.3

야구
생각
박 광 수

나의 고향은
현해탄이다.

장명부

나는 야구에서 인생을 배운다

　나는 산정호수가 있는 경기도 운천이라는 곳에서 태어났다. 세 살인가까지 그곳에서 살다가 서울로 왔기에, 그곳에 대한 기억은 전무하지만 굳이 따지자면 내 고향은 경기도 운천이다. 1905년 미국인 선교사 길레트(P. Gillett)에 의해 한국에 처음으로 야구라는 스포츠가 들어왔다. 그리고 한국 야구는 그날로부터 76년이 지나 1981년 12월 11일 롯데호텔에서 창립총회를 열고 한국 프로야구 출범을 정식으로 알렸다. 프로야구가 출범하던 해, 나는 고향 따위와는 상관없이 삼미 슈퍼스타즈를 응원했다. 돌이켜보면 나의 형제들은 줄창 엄마의 고향인 전라도를 연고로 한 해태 타이거즈를 응원했는데, 나만 왜 삼미 슈퍼스타즈를 응원했는지 지금도 알 수 없는 노릇이다. 아마 유니폼 가슴에 새겨진 별과 왼쪽 팔에 그려져 있던 슈퍼맨이 배트를 들고 있는 모습에 매료되었던 것이 아닐까 싶다.

　하지만 나의 응원을 뒤로하고 프로야구 출범 첫해에 삼미 슈퍼스타즈는 10승 70패로 승률 0.125라는 초라한 성적으로 꼴찌를 했고 또다시 꼴찌를 할지 모른다는 위기감을 느낀 삼미는 이듬해인 1981년에 일본 난카이 호크스에서 은퇴한 장명부라는 재일동포 출신의 투수를 영입했다. 일본 이름은 후쿠시 히로아키. 그때 장명부의 나이 서른셋이었다. 장명부는 일본 통산 91승 84패 9세이브에 방어율 3.69라는 준수한 성적으로 일본 프로야구를 마쳤으나, 당시 한국 야구팬의 시선은 퇴물이 된 일본 프로야구 출신의 재일동포일 뿐이었다. 장명부의 데뷔전은 4월 3일 부산 구덕구장에서 열렸다. 그날 경기에서 그는 29타자를 상대로 삼진 일곱 개를 빼앗았고, 6안타에 볼넷 네 개를 내주었고 1실점을 하였다. 그의 활약으로 팀은 10 : 4로 승리를 거두었다. 그 이후부터였다, 그의 비상식적인 등판이 시작된 것은. 3일 연속으로 선발 등판하였으며, 하루

쉬고 또 3일 연속으로 등판하였다. 지금으로는 상상도 할 수 없는 등판이었음은 두말이 필요 없을 정도였다. 그 이면에는 다음과 같은 일이 있었다. 장명부가 입단 당시 400만 엔(1982년 당시 한화로 1억2000만 원)을 받고 입단하였는데, 입단식 당일 구단주는 농처럼 30승을 거둘 경우 보너스로 1억 원을 주겠다고 구두 약속하였다. 물론 통역을 통해서였고, 통역을 통하면서 구단주의 농이 한 번 거쳐 전해지면서 장명부에겐 약속처럼 느껴졌을 것으로 추정된다. 1982년 당시 개포동 주공 아파트의 한 채의 가격이 600에서 800만 원 할 때였으니 1억 원이 어느 정도의 가치를 지녔는지는 가늠할 수 있을 것이다. 그 1억을 위해 장명부는 비상식적인 등판을 했고 결국 1982년 시즌을 마쳤을 때, 그는 30승 16패라는 경이적인 성적을 올렸다. 그는 한 해 동안 427이닝을 던졌고, 그중 다섯 경기를 완봉승하였고 방어율은 2.34였다. 한 시즌 동안 30승을 거둔 투수는 야구의 나라인 메이저리그 역사에도 단 한 명뿐이었다. 그마저도 1930년대 사람이었을 정도로 현대의 야구에서 그가 거둔 30승은 불가능으로 느껴지는 승수였다. 그 시즌을 마치고 그는 당당하게 구단주에게 보너스 1억 원을 요구했다. 하지만 구단주는 그 약속을 기억하지 못했고, 그는 집요하게 보너스를 요구했다. 결국 구단은 그의 요구에는 못 미치지만 따로 3000만 원인가 4000만 원을 챙겨주며 마무리지었다고 한다.

이듬해인 1983년에 장명부는 전년과 달리 위력 없는 투구로 13승 20패를 기록했다. 그의 성적처럼 파란을 일으켰던 삼미 슈퍼스타즈도 그와 함께 순위가 곤두박질쳤음은 물론이다. 슈퍼스타즈의 팬들은 분노했다. 1억 원을 못 받아서 일부러 성의 없게 던진다는 생각에서였다. 팬들은 돈만 아는 일본인 장명부를 팀에서 퇴출하라고 구단에 거칠게 항의했다. 하지만 철인이 아닌 다음에야 한 해 동안 427이닝을 던지고도 멀쩡한 어깨가 있을 수 있겠는가? 당연히 그의 구의는 현저히 떨어졌고 난타를 당할 수밖에 없었다. 팬들은 그가 성의 없게 던진다고들 했지만, 당시 팀 동료의 증언을 들어보면 허리가 안좋았던 장명부는 타이어를 잘라서 허리에 감고 고통을 견디면서까지 마운드에 올랐다고 한다. 너구리라는 별명의 장명부. 빈 볼을 던지고 항의하는 타자를 향해 웃음을 짓는 것이 그의 트레이드마크였다. 매력적이라던 그의 웃음도 떨어지는 성적과 함께 '음흉한 웃음'으로 전락하고 말았다.

결국 그는 1986년 빙그레에서 1승 18패를 끝으로 한국 프로야구에서 은퇴하였다. 그리고 한국에서 어린 야구 선수들을 가르치는 일과 그 밖의 여러 가지 일을 하던 중, 1991년 필로폰 흡입으로 구속되어 영구 제명과 함께 영구 추방되어 일본으로 돌아갔다. 그리고 2005년 와카야마 현의 자신이 운영하던 마작 하우스에서 쉰셋의 나이로 숨진 채 발견되었다. 그가 운영하던 마작 하우스에는 그가 낙서처럼 남긴 한마디가 발견되었다.
'떨어지는 낙엽은 가을 바람을 원망하지 않는다.'
낙엽은 바람이 불지 않아도 언젠가는 떨어질 운명이고 그것이 자연의 섭리이다. 그 말은 말년의 쓸쓸함 속에서 자신의 화려했던 과거나 열정을 그리워하지만 그것 역시 운명이라는 그의 체념이 느껴지는 부분이다.

단언컨대, 그가 서른셋의 늦은 나이로 한국에 왔지만 철저한 자기 관리와 지금의 프로야구처럼 등판 간격을 조절했더라면 쓸쓸히 잊혀지는 것이 아니라 오래도록 이름을 떨쳤을 것이다. 한 시즌에 30승을 거둔 전설적인 투수가 이토록 회자되지 않는 것은 그의 탓이기도 할 것이다. 또한 그러한 철저한 자기 관리는 비단 프로야구 선수만의 문제는 아닐 것이다. 모든 사람에게 일희일비하지 않는 삶의 태도가 중요한 것은, 삶은 단거리 육상경기가 아닌 마라톤이기 때문이다.
그를 기억하노라면, 일본에서도 한국에서도 인정받지 못했던 장명부가 생전에
입버릇처럼 했던 "내 고향은 현해탄이다"라는 말은 그가 얼마나 쓸쓸한 생을
살았는지 가늠케 해준다.

그래,
이제 나가야지.

그런 사람이 있다. 일부러 약속을 안 해도 길을 가다가
혹은 예기치 못한 장소에서 자주 마주치게 되는 사람.
연기자 김정균 형이 내게는 그런 사람이다.
공항이나 어느 기업 행사장 같은 곳에서만 마주치게 되는 연기자 김정균 형.
반갑게 인사를 하고, 내가 정균 형에게 웃으며 말을 건넨다.
나 형, 야구 안 나오세요? 한번 나오셔야죠.
정균 어어… 나가야지. 광수야, 이제 진짜 나가야지.
6년 전쯤 정균 형은 우리 야구팀에 들어오기로 하고 입단식까지 치른 사람이다.
헌데 그날 이후 정균이 형은 야구팀에 가입만 하고
정작 야구장에는 한 번도 나오지 않는 기이한 팀원이다.

우리 '조마조마'는 신입 회원이 들어오면 입단식을 하는데,
그 입단식에는 고약하다 싶을 만한 의식이 있다.
그 의식이란 팀원들이 다 모인 장소에서 맥주잔으로 소주를 세 잔 먹는 것이다.
물론 술을 잘 못 마시는 사람에게는 사정을 봐서 술을 조금 따라주거나 한다.
하지만, 그날 정균이 형은 자신은 괜찮다며 한치의 오차도 없이 따르라고 요구했다.
입단식을 치르는 대부분의 사람이 조금만 따라달라고 말하는데,
반대로 정확하게 따르라는 정균이 형의 단호한 모습에
선함을 넘어 호탕한 모습이 멋있다며 모두 박수를 쳤다.
그리고 형은 자신의 말처럼 멋지게 세 잔을 비웠고,
당시 감독이었던 나는 팀원 모두에게 정균이 형이 팀원이 되었다고 선언하였다.
가장 요란하고 가장 환영받았던 입단식이 아니었나 하는 생각이 들 정도로
인상 깊은 입단식이었다. 하지만 그뿐이었다.
팀원이 되고 야구장에 오기로 한 정균이 형은 끝끝내 야구장에 나타나지 않았다.

후문으로 들으니, 그날 평소보다 훨씬 폭음을 한 정균이 형은 모든 일정을
취소해야만 했고, 한동안 여파가 이어져 다른 일까지도 지장을 받았다고 한다.
그리고 정균이 형은 어디선가 우리 팀에 대한 이야기가 나올 때마다
"그 팀은 무시무시해"라고 이야기하며 고개를 가로저었다고 한다.
정균이 형한테 그 이야기를 들은 사람들은 영문을 모르니
우리 팀이 무시무시한 실력을 갖춘 팀이라고 생각하게 되고,
아무튼 그날 이후 내 마음속에는 정균이 형이 우리 팀원이라는 생각이 자리하고 있다.
정균이 형이 그날 마신 술이 깨서 조속히 팀에 복귀하기를 바란다.

야구
생각
박광수

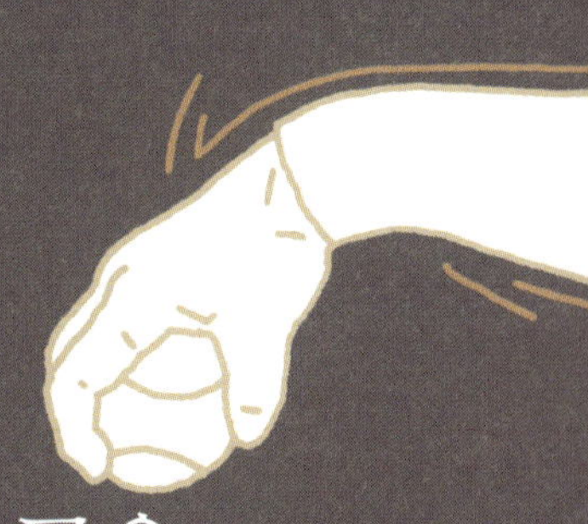

다시는 제가 공을
못 던져도 좋습니다.
허락해주십시오.
지금 제가
던지게 해주십시오.

염종석

나는 야구에서 인생을 배운다

　야구의 도시 부산 롯데 자이언츠 선수 중 기억에 남는 선수를 꼽으라면, 많은 선수들이 머릿속에 떠오른다. 가장 가까운 선수로는 지금도 활동하는 7관왕의 이대호 선수가 있고, 멀리로는 자이언츠맨인 김용희 선수도 있다. 그리고 한국 최고의 강속구 투수 중 하나였던 최동원 선수도 있고. 하지만 내기억에 가장 또렷하게 자리 잡고 있는 이를 단 한 명만 꼽으라면 단연코 투수 염종석 선수이다. 투수 염종석은 1992년에 롯데 자이언츠에 입단해 그해 17승 9패 6세이브 그리고 13완투에 2완봉을 기록했다. 데뷔 첫해에 신인왕, 투수 부문 골든 글러브상, 방어율상을 수상하였을 만큼 역대 프로야구 사상 가장 화려하게 신고식을 치른 투수중 하나일 것이다.

　전성기 시절 그의 주무기는 140km의 직구와 슬라이더였다. 직구와 같은 속도로 들어오다 휘는 슬라이더는 타자들이 치지 못하고 바라만 봐야 할 정도의 위력적인 투구였다. 그는 원래 고등학교를 졸업하고 고려대학교에 진학할 예정이었으나 노점상을 하던 어머니가 교통사고를 당하면서 어머니의 병원비를 위해 프로 무대인 롯데 자이언츠로 직행했다. 그는 데뷔 첫해에 17승을 거두며 화려하게 입단 신고를 하며 많은 팬들에게 사랑받았지만, 어깨 혹사로 인해 여러 번의 수술을 거치면서 1993년 10승 이후에는 큰 활약을 거두지 못하고 2008년을 끝으로 선수 생활을 마감했다. 그후 롯데 2군 재활코치를 거쳐 현재 롯데 자이언츠 2군 투수 코치를 하고 있다. 혹자는 구단이 유망주인 그의 어깨를 우승과 바꿨다고도 하고, 전설적인 투수인 선동열은 현역 시절 그를 보면서 투구 폼을 고치지 않으면 팔에 무리가 올 거라고 이야기하였다고도 한다.

　〈슬럼덩크〉란 만화의 주인공 강백호가 경기 중 백발의 감독에게 묻는다.

"영감님의 영광의 시대는 언제였죠? 국가대표 때였나요?"
감독이 강백호를 바라보며 말이 없자 강백호가 이어 말을 한다.
"전 지금입니다!"

　롯데의 마지막 우승을 이끌었던 투수 염종석. 그가 자기 관리에 철저하고
팀을 위한 희생보다 자신을 위해 야구를 했더라면 조금 더 화려하고 긴 선수
생활을 했을지도 모른다. 하지만 야구란 운동이 멋진 이유중 하나가 희생번트,
희생플라이, 팀배팅처럼 자신만이 아닌 팀을 배려하는 운동이라는 것이다.
어쩌면 당시의 문제는 그의 선택의 문제였을 것이다. 미래의 화려함을 위해
지금의 자신을 아낄 것인지, 아니면 다시는 오지 못할 자신의 꿈에 모든 것을
걸어볼 것인지, 둘 중 하나의 선택 말이다. 나라면 주저없이 후자를 선택했을
것이다. 이런 이유로 나는 롯데 자이언츠 역대 선수 중 가장 기억에 남는 선수로
그를 꼽는지도 모른다. 이치로가 1995년 미국 메이저리그에 진출한다고 했을 때
주변의 모든 사람들이 실패할지도 모른다며 많은 연봉과 안락한 일본 생활을
뒤로한 그의 결정을 말렸다고 한다. 그의 결정에 반대했던 이들에게 노모는
다음과 같은 명언을 남겼다.

"소시민은 도전자를 비웃는다."

배팅은 타이밍이고, 피칭은 타이밍을 흩뜨려놓는 것이다.

워렌 스판(Warren Spahn)

　야구는 타이밍을 빼앗는 운동이다.

타자가 빠른 공을 원할 때 투수는 느린 공을 던져야 하며,

타자가 느린 공을 원할 때는 빠른 공을 던져야 하는 것이 투수다.

타자는 항상 마운드에 있는 투수의 가장 빠른 공에 타이밍을 맞추고 있어야 한다.

상대 투수의 가장 빠른 공에 타이밍을 맞춰놓고 느린 변화구에도 대응할 수 있어야

만 유능한 능력을 갖춘 타자일 것이다. 그렇기 때문에 나는 내가 속한 리그의 최고

투수의 투구 스피드에 준하는 배팅 스피드를 지녀야 할 것이다. 타자가 느린 공을

잘 칠 수 있다고 빠른 공에 대응할 수 있는 배팅 스피드를 갖추지 않는다면 스스로

단명하는 결과를 낳게 된다.

　알고 보면 세상의 모든 것은 타이밍이 중요하다.

사업도 그렇고 사랑도 타이밍이 가장 중요하다는 생각이 드는 요즘이다.

타자가 안타를 치고, 투수가 삼진을 잡고, 사업하는 이가 성공하고, 사랑에 빠진 이가

사랑을 이루는 것처럼 세상의 거의 모든 일에는 타이밍이 작용한다.

공부를 해야 할 때가 있고, 효도를 해야 할 때가 있으며, 지금 당장 사랑을 고백 해야

하는 순간이 있는 것이다.

그 타이밍을 모른다면 당신은 어떤 일에도 삼진만 당하는 타자이거나 하루에도 몇 번씩 홈런을 맞는 투수일 것이다.

"영감님의 영광의 시대는 언제였죠?
국가대표 때였나요?"
감독이 강백호를 바라보며 말이 없자
강백호가 이어 말을 한다.
"전 지금입니다!"

이기기 위해서다.
작은 일이라도
누구는 하고,
누구는 하지 않으면
팀은 깨진다.

박찬호

어린 시절의 꿈이 야구 선수였던 나는 성인이 되면서 대부분의 사람들처럼 자연스럽게 그 꿈을 접어야 했다. 축구와 달리 일정한, 그것도 꽤 큰 공간을 필요로 하며, 상대적으로 야구공은 경기장에 있는 사람들 외의 사람들에게는 꽤나 위협적이므로 야구를 할 수 있는 공간이란 생각만큼 녹록치 않았기 때문이다. 그리고 축구는 인원이 모자르면 모자른 대로 할 수 있지만 야구는 아홉 명의 인원에서 한 명이라도 빠지면 경기가 이루어지기 어려운 탓도 있었다. 그러다 보니 야구를 할 수 있는 일이란 대학 동문 체육대회에서 겨우겨우 우겨 야구를 종목으로 넣고 1년에 한 번쯤 즐기는 일이 고작이었다.

그렇게 야구는 다른 꿈들처럼 내 인생에서 점점 멀어져 갔다. 그런 내가 아주 우연한 기회, 아니 호시탐탐 노리던 기회를 잡아 사회인 야구팀을 만들었다. 나의 처음 사회인 야구 인생은 음악을 하는 그룹 '동물원'의 형들과 함께 시작되었다. 당시 나는 가수들의 음반 디자인을 전문으로 하는 'D#'이라는 디자인 회사를 운영하고 있었는데 나를 비롯해 사무실 식구는 네 명에 불과했다. 다행히 다들 야구광이어서 글러브를 하나씩 장만해 우리가 세들어 있는 사무실 건물 옥상에서 가끔 공받기를 하곤 했지만, 그 정도로는 야구에 대한 갈증이 풀리지 않았다. 그러다 음반 디자인을 의뢰하러 찾아왔던 동물원 형들과 친해졌고, 형들이 다행히 그룹이어서 인원이 많은 덕분에 의기투합해 처음으로 '다졌어'라는 사회인 야구팀을 만들었다. 우리 사무실 식구 네 명과 동물원 형들이 모이니 일곱 명이 되었고, 그 후 역시 야구광인 개그맨 이휘재가 들어오며 팀의 모양이 대충 갖춰졌다.

꿈을 이루고 산다는 것만큼 기쁜 일이 있을까? 처음 아홉 명이 모여 팀이름을 정하고 야구복을 디자인하고, 그 야구복이 도착해 처음 입어보며 운동장에서 몸풀기를 할 때 가슴 저 안에서부터 뭔가 뜨거운 것이 솟구쳐올랐다. 난 그때 그 기분을 십수여 년이 지난 지금도 잊을 수 없다. 하지만 처음 만나 죽을 때까지 같이 야구를 하자는 맹세는 그리 오래가지 않았다. 3년 정도를 같이 야구를 하며 이런저런 갈등을 겪었고 이휘재는 그때 막 창단된 '한'으로 팀을 옮겼다. 여러 가지 한계를 느꼈던 나도 '재미삼아'란 팀을 만들면서 처음의 팀을 떠났다. 그리고 또다시 '조마조마'란 팀을 만들어 현재까지 사회인 야구를 하고 있다. 세 번의 팀을 거치며 나는 사회인 야구팀에서 감독 혹은 선수로 16년 넘게 활동해오고 있다. 이러한 일은 쉽기도 하고 어렵기도 하다. 어렵게 느껴지는 이유는 대부분 팀원들의 이기심에 있다.

사회인 야구란 오직 야구에만 전념할 수 있는 프로야구 선수와 달리 팀원들의 희생정신이 필요하다. 돈을 받고 경기를 뛰는 프로야구 선수와 달리 우리는 매달 혹은 매년 일정한 회비를 납부하며 야구를 해야 한다. 한 게임에 25만 원 정도의 운동장 사용료와 시합구도 별도로 준비해야 한다. 경기당 보통 플러스 마이너스 열 개 정도의 공이 필요하며 야구공이 싼 건 5000원에서 비싼 건 1만 원이 넘는 것도 있다. 그뿐이랴. 처음에는 마트에서 산 싸구려 글러브에 만족하며 경기를 치르다가도 점점 좋은 쪽으로 눈이 쏠리기 마련이고, 자신의 손에 잘 맞고 좋은 글러브는 역시나 비싸기 마련이다. 거기에다 자신만의 헬멧, 배팅장갑, 팔꿈치를 보호하는 암가드, 야구벨트, 선글라스 등등 소소한 모든 것이 다 돈이다. 야구를 시작하면서 처음으로 야구 브랜드가 이렇게 많다는 것을 알았다. 그러다 보니 1년이란 기간으로 환산하면 그 비용은 야구를 사랑하는 마음이 없다면 지속할 수 없는 꽤나 큰 금액일 것이다. 돈뿐만이 아니다. 자신의 개인 시간을 팀을 위해 비워두어야 하는 희생도 필요하다. 야구를 좋아하고 사랑한다면 시간도 돈도 문제가 될 수 없다고 생각할지 모르지만, 그게 그렇게 생각만큼 쉽지는 않다. 차라리 비용 문제는 자신이 좋아하는 일을 하기 위해 더 열심히 일하는 원동력이 될 수도 있다. 하지만 시간을 만드는 것에는 비용과는 좀 다른 문제가 발생한다.

총각 시절에는 자신의 의지만 있다면 시간을 만드는 일 역시 충분히 가능하지만, 결혼을 하게 되면 주말에 치러지는 사회인 야구 경기로 인해 가족들의 눈치를 보는 것은 어쩌면 당연할 것이다. 결혼을 함과 동시에 총각 시절과는 달리 자신만의 시간이 아니라 가족의 시간이기도 하기 때문이다. 그러다 보니 주말이면 거짓말을 하고 몰래 나와서 미리 감춰둔 야구복을 입고 야구장으로 향하는 팀원들도 종종 보아왔다. 심한 경우에는 아내가 야구복을 감추거나 갖다버려서 부득이하게 몇 주 혹은 몇 달 동안 야구를 못하는 경우도 봤다. 긍정적인 경우에는 가족이 함께 야구장을 찾기도 하지만 이런저런 이유로 야구에 열정이 식어가는 이들을 많이 봤다. 또 팀원인 동시에 팀을 이끌어 나가야 하는 이들 또한 그들 나름대로의 고충이 있다. 서울이라는 도시에 2000개가 넘는 사회인 야구팀이 있지만, 상대적으로 야구를 할 수 있는 야구장은 매우 제한적이다. 그러다 보니 매주 야구장을 섭외해서 경기를 치르게 한다는 것은 보통의 노력으로는 어림없다. 누군가는 매주 열리는 경기를 팀원들에게 꼬박꼬박 알려야 하며, 회비를 내지 않으면 회비를 걷으러 다녀야 하고, 팀원 간에 불화가 있을 때면 중재자의 역할을 해야 한다. 또 경기가 끝난 뒤 타 팀의 경기를 위해 덕아웃을 청소해야 한다. 그러한 수고는 팀을 이끌어본 적이 없는 일반 단원들은 알지 못한다. 그런 섭섭함으로 인해 불화가 일어나고 팀이 깨지는 경우도 종종 보았다. 하지만 일주일에 단 한 번 세상의 모든 일을 잊고 하얀 공 하나만 쫓는다는 것에는 경험해보지 못한 사람은 이해할 수 없는 매력이 숨어 있다. 이런 이유로 엄청난 노고와 수고를 마다 않고 매주 야구를 한다.

시간이 흐르면서 세상의 모든 것들은 찬란했던 빛을 잃어간다. 하지만 나이 들어가며 어느 순간 포기한 꿈을 돈과는 상관없이 다시 한다는 그것은 내게 있어 마술 같은 일이다. 빛을 잃어버렸던 내 꿈의 녹을 제거하고 수백 번 닦으면서 다시 생기를 불어넣는 마술인 것이다. 나는 나이가 들어 백발을 휘날리면서 야구를 하고 싶다. 그리고 더 나이가 들면 자연스럽게 우리 팀을 우리 아이들이 물려받기를 원한다. 내가 등에 달았던 등번호를 달고서 말이다. 세상에 찌들고, 사람에 찌들고, 욕심에 찌들고, 돈에 찌들었던 우리가 다시 한번 소년의 눈빛을 보이며 반짝이는 순간이 바로 그라운드에 있을 때다. 빛이 사라져가는 나이에 다시 빛을 반짝이는 그 자체로 멋지지 않은가. 꿈을 포기하지 않은 사람은 백발을 휘날리며 그라운드에 서 있을 것이고, 꿈을 포기한 자는 관중석에서 그들의 빛나는 모습을 바라볼 뿐이다.

살면서 무언가에 반짝 하는 것은 누구나 잠깐 동안은 경험할 수 있다. 하지만 그 빛을 오랫동안 변치 않고 간직하는 것은 노력하는 자만이 가질 수 있을 것이다.

나는 그것을 사회인 야구를 통해 배웠다.

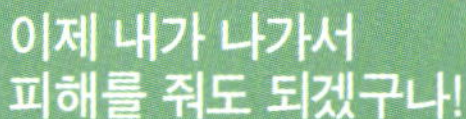

이제 내가 나가서
피해를 줘도 되겠구나!

몇 년 전에 있었던 일이다.
우리 팀의 원로인 가수 이문세 형한테 전화가 걸려왔다.

문세 형 광수야, 연기자 정보석 씨가 우리 팀이니?
나 네.
문세 형 그래? 정보석 씨는 야구팀에 자주 나오니?
나 원래는 자주 나오는데 요새는 드라마 〈자이언트〉를 찍고 있어서
자주 못 나와요.
문세 형 그래? 잘 안 나와?
나 근데 왜요?
문세 형 나한테 전화가 와서. 나더러 야구팀에 왜 잘 안 나오느냐고
따지듯이 묻더라. 자기도 잘 안 나오면서….
나 형이 팀에 자주 좀 나오세요.
문세 형 내가 나가면 팀에 피해만 끼치잖니! 요즘엔 전적이 어떻게 되니?
좀 이기기도 하니?
나 요즘은 실력이 좋아져서 거의 이겨요. 연예인 리그는 현재 무패인걸요.
문세 형 그럼 이제 형이 나가서 팀에 피해 좀 끼쳐도 되겠구나!

반가운 전화였다.
같이 야구를 하고 있어 가끔 잊어버리는 사실이지만,
난 고등학교 때부터 지금까지도 문세 형의 대단한 팬이니 말이다.
부디 문세 형이 건강관리를 잘해서 아주아주 오랫동안
우리 팀에 피해를 끼치길 바란다.
야구는 이기기 위해서만 하는 것은 아니니까.

야구
생각
박광수

전진은 언제나
위험이 수반된다.
당신이 발을
1루 베이스 위에 올려놓고
2루를 훔칠 수는 없다.

프레데릭 B. 윌콕스(Frederick B. Wilcox)

나는 두 개의 꿈이 있다.

그중 하나는 제품 제조업을 해보고 싶은 꿈이다. 내가 디자인한 제품을 세상 사람들이 모두 즐거워하면서 쓸 수 있는 제품을 제조하는 일 말이다. 디자인을 전공한 나로서는 그저 마음속으로 간직하는 꿈이 아니라 계속해서 그 꿈을 위해 노력하는 중이다. 그 꿈을 이루기 위해 그동안 여러 도전을 하며 돈도 꽤 많이 날려봤고, 포기할 만도 한데 아직 나는 꿈을 버리지 못하고 아이디어가 생길 때마다 틈틈이 메모하기를 게을리하지 않는다.

사람들은 말한다. 이젠 그만 포기하라고.

이제 세상이 바뀌어서 그런 일은 돈이 되지 않는다고. 인터넷 기반의 사업을 해야지 물건을 만들면 물류며 창고며 어떻게 할 거냐고 묻는다. 그에 대한 내 생각을 이야기하려고 하면 들어보기도 전에 고개를 절래절래 흔드는 이들이 태반이다. 하지만 그들이 고개를 절래절래 흔드는 건 그들의 몫일지는 몰라도 포기하는 것이 나의 몫은 아니라고 생각한다.

어쩌면 그들의 말이 다 맞을지도 모른다. 그들의 말대로 돈도 안되고 무리인 일에 내가 힘을 쓰고 있는지도 모른다. 그들이 말한 아흔아홉 가지의 안되는 이유를 듣고 나서도 나는 될 수 있는 단 한 가지 이유로 내 꿈을 포기하지 않을 것이다. 더불어 난 그들에게 묻고 싶다. 무엇을 위해 일을 하냐고. 돈을 위해서? 난 내 꿈을 이루기 위해 일한다. 그리고 매번 실수투성이로 일을 망쳐 사무실 사람들과 헤어졌지만, 그때마다 난 그들에게 이렇게 문자 메시지를 보냈다.

'우리 언젠가 다시 만나 다시 실패합시다'

크리스티 매튜슨(Christy Mathewson)이 이런 말을 했다. "승리하면 배울 수 있다. 그러나 패배하면 모든 것을 배울 수 있다." 내 주변 사람들은 나의 실패만을 보지만, 난 실패를 통해 내가 보완해 나가야 하는 것들을 배워 나간다. 내가 저질렀던 실패들을 깨달음으로써 나는 더 단단해질 것이라고 믿는다. 그렇게 힘들어도 꾸준히 도전한다면 내가 원하는 꿈에 도달할 수 있을 것이다.

2루에 도착하면 난 다시 3루로 가기 위해 준비할 것이다.

야 구
생 각
박 광 수

나의 경우 경기는
잠에서 깨는 순간부터
시작된다.

레지 잭슨(Reginald Jackson)

나는 야구에서 인생을 배운다

야구를 좋아해서 야구 선수들을 많이 알고 지낸다.

지금은 익숙해졌지만, 처음 그들을 만나 악수할 때 나는 깜짝 놀랄 수밖에 없었다. 그 놀람은 그들의 큰 손 때문이 아니고, 그들 손에 두껍게 만들어진 굳은살 때문이다. '손바닥에 과연 감각이 있을까?'라는 의문이 들 정도로 두껍게 쌓인 굳은살은 그들이 경기를 위해 얼마나 많은 노력을 기울였는지 알게 해준다.

모든 운동이 그렇겠지만, 야구 역시 노력의 양을 속일 수 없다.

선수들을 많이 알아 그들을 통해 다른 야구 선수들의 소식도 간간이 듣는데 간혹 누군가가 밤마다 술을 마신다고 하더라 혹은 연습을 게을리한다더라라는 소문이 돌기 시작하면 여지없이 추락하기 마련이다. 재능이 있어 추락하는 속도가 느린 경우도 있지만, 게으름과 태만은 아무리 천재적인 재능이 있다 해도 종래에는 그 재능을 다 갉아먹고 만다.

야구장은 자신의 연습량을 보여주는 경연장이다.

최근 봇물처럼 쏟아지는 경연 프로그램 중에서 내가 즐겨 본 프로그램은 〈나는 가수다〉였다. 그 프로그램을 통해 실력은 있으나 그동안 빛을 보지 못한 가수들이 빛을 보기 시작했다. 아이돌 일색의 가요 판도를 그들이 프로그램을 통해 바꾸어 나가고 있는 것이다. 한 주 간격으로 노래 경합을 벌이는 그들은 다들 노래를 잘하지만, 그 주어진 기간 동안 연습을 게을리하면 여지없이 드러나기 마련이다. 음악을 잘 모르는 청중 평가단을 한 주 정도는 속일 수 있다. 하지만 동료 가수들은 알아차릴 것이고, 계속해서 연습을 게을리하면 결국에는 청중과 시청자들도 알 수밖에 없다. 가수들에게 무대는 자신의 연습량을 보여주는 경연장이며, 야구 선수에게 그라운드는 자신이 노력한 결과를 보여주는 곳이다. 연습 없이 요행으로 한 경기나 무대에서 한 번쯤 멋진 모습을 보여줄 수는 있다. 하지만 야구와 노래와 인생은 단 한 번으로 평가되는 것이 아님을 우리 모두 명심해야 할 것이다. 삶 역시 그러하다. 몇몇 사람들은 타고난 재능이나 요령으로 자신의 태만과 게으름을 잠깐 동안은 감출 수 있다. 하지만 평생토록 감출 수는 없다는 것을 알아야 할 것이다. '외계인'이라는 별명을 지닌 전설적인 투수 페드로 마르티네즈(Pedro Martinez)가 이런 말을 했다. "나의 실력을 재능으로 평가하는 전문가들을 보면 화가 난다. 내가 지금까지 쌓아온 노력이 아까워서다."

발바닥에 두껍게 쌓인 굳은살은 멀고 험한 길을 오래 걸을 수 있게 할 것이다. 보송보송하고 부드러운 발바닥이 보기 좋을 수는 있을지 몰라도 거친 길을 오래 걸을 수는 없다. 나는 믿는다. 단단해진 나의 모든 것이 나를 더 높은 곳까지 오를 수 있게 해줄 것이라고.

널 위해
치고 막겠다.

넥센 선수 일동

나는 야구에서 인생을 배운다

넥센으로 이적해서 두 번째 경기인 롯데전에서 승리를 따낸 투수 심수창은 눈물을 글썽거렸다. 그날의 승리는 심수창 개인적으로는 786일 만에 거둔 승리이며, 개인 18연패를 끊어내는 감격의 승이었다.

2011년 8월 9일 부산에서 열린 롯데와 넥센전에 앞서 넥센 선수들은 이날 선발 투수인 심수창의 연패 탈출을 위해 각오를 다졌다. 이 경기 전까지 심수창은 넥센으로 트레이드된 후의 1패와 함께 개인 통산 18연패 중이었다. 심수창과 함께 LG에서 넥센으로 트레이드되어 맹타를 휘두르고 있는 박병호는 룸메이트인 심수창을 위해 오늘 꼭 한 방 치고 싶다고 말했으며, 마무리 손승락은 자신이 뒷물을 책임지겠노라며 결의를 보였다. 넥센의 고참인 이숭용과 송지만을 주축으로 팀 전원은 새로운 팀원인 심수창을 위해 결속을 다지며 이날의 승리를 염원했다.

그날 경기에서 심수창은 7회 1사까지 단 1실점으로 막으며 승리 투수 요건을 갖추고 마운드에서 내려왔다. 부산 관중들은 타 팀의 선수지만 잘 던지고 내려오는 심수창에게 아낌없이 박수를 쳐주었다.

3 : 1로 앞선 9회 말, 마무리 투수 손승락이 연속 안타를 맞고 무사에 주자 1, 2루 상황이 되었다. 연패가 지긋지긋하고 이젠 자신감도 잃어버렸던 심수창이었기에 그 상황에서 긴장감을 감추지 못하고 덕아웃에서 그라운드를 바라보고 있었다. 그때 덕아웃 어디선가 심수창을 향해 말했다.

"승락이가 어떻게든 막아줄 거야. 걱정하지 마."

강민호와 조성환이 차례로 아웃되어 투 아웃이 기록되고, 마지막 타자인 황재균이 유격수 앞 땅볼을 치고 1루 주자가 2루에서 아웃되며 경기가 종료되자 팀원

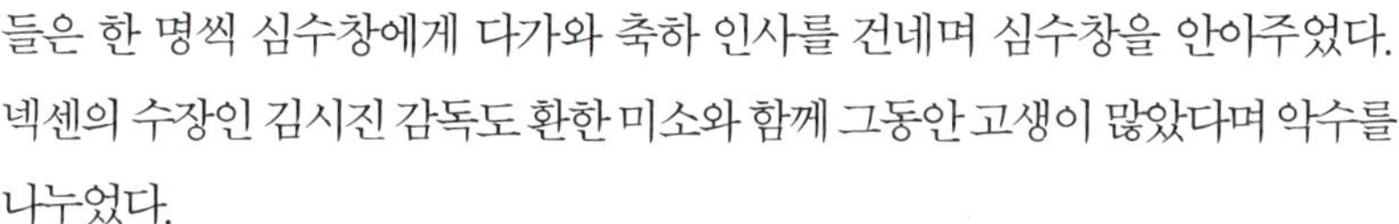

들은 한 명씩 심수창에게 다가와 축하 인사를 건네며 심수창을 안아주었다. 넥센의 수장인 김시진 감독도 환한 미소와 함께 그동안 고생이 많았다며 악수를 나누었다.

지난 2009년 6월 14일 잠실에서 열린 SK와의 경기에 선발 등판한 심수창은 7과 3분의 1이닝을 3실점하고 6승을 기록했다. LG에서 13경기에서 8차 퀄리티 스타트를 기록하며 선발의 한 축을 담당하던 심수창의 연패가 이토록 길어질 줄은 당시에는 아무도 짐작하지 못했을 것이다. 하지만 SK 경기에서 승리를 기록한 이후 심수창은 7패만을 기록하며 10승은 충분히 올릴 거라는 주변의 기대와 달리 2009년 시즌을 마감했다. 2010년에는 부진을 이어가며 12경기(6경기 선발)밖에 출전을 못했고, 4패만을 기록했다. 그리고 5선발로 시작한 2011년 시즌에는 잘 던진 날에는 타선이 투수를 받쳐주지 못하는가 하면, 마무리로 나와선 승리를 지키지 못하고 패전의 멍에를 뒤집어쓰는 등의 불운이 이어졌다. 그렇게 연속된 불운은 그칠 줄 모르고 17연패를 기록하며 기존 한국 프로야구 역대 최다 연패인 16연패의 기록을 심수창이 깨트렸다. 그리고 2011년 7월 31일에 LG에서 넥센으로 박병호와 함께 트레이드되었다.

넥센으로 트레이드되고 나서 심수창은 새 팀에서 새롭게 출발하며 연패를 끊으려 했다. 2011년 8월 3일 대구 삼성전에서 넥센의 선발 투수로 나온 심수창은 6이닝 동안 3실점하며 퀄리티스타트를 기록하며 마운드에서 내려왔다. 하지만 팀 동료 타자들이 2점밖에 뽑지 못해 또다시 패를 기록하게 되었다. 그리고 절치부심한 다음 경기에서 심수창은 연패의 사슬을 끊으며 2011년 첫 승을 트레이드된 넥센에서 거두게 되었다. 이날 승리로 2009년 6월 14일 잠실 SK전 이후 무려 786일 만에 18연패를 탈출했다.

　세상에는 세 종류의 사람이 있다.

변화를 일으키는 사람, 변화를 지켜보는 사람, 변화를 모르는 사람.

어떤 사람은 연패가 계속되면 그 연패를 끊기 위해 지금까지보다 더 많은 노력을 기울인다. 또 어떤 사람은 연패가 계속되면 자포자기하고 스스로 포기해버리는 경우가 있다. 이 과정에서 우리가 기억해야 할 것이 있다. 연패에 굴복해 도전하기를 그만둔다면 영원히 패배자로 남게 된다는 사실이다. 승리가 약속되거나 보장된 도전은 이 세상 어디에도 없다. 영원할 것만 같았던 이들도 어느 순간에는 패배한다. 세상에는 그 과정을 통해 다시 일어나는 사람과 그렇지 못한 사람만이 존재할 뿐이다. 천재적인 과학자 에디슨이 수천 수만 번의 실패를 실험의 과정이라 여기지 않았다면 그는 지금까지 우리 기억에 존재할 수 없는 사람이 되었을 것이다. 실패를 더 큰 성공으로 가는 계단으로 여기는 사람만이 정상까지 오를 수 있다.

기억하라.
연패가 계속되고 있다는 건,
곧 승리가 가까워졌다는 것이다.

내야수는 글러브로
볼을 잡는 게 아니야.

현재 넥센의 감독을 맡고 있는 염경엽 형.
나는 아주 오래전, 현역 시절 최고의 유격수로 손꼽히던 마음씨 좋은 형을 졸라서
형이 쓰던 글러브를 하나 얻었다.
그런데 형에게 받은 글러브는 남자치고 그리 크지 않은 손을 가진 내 손에도 너무 작았다.
의아해진 나는 형에게 의문스러운 표정으로 물었다.

나   경엽 형은 손이 작아요? 이렇게 작은 글러브로 공을 어떻게 잡아요?
       내 말을 들은 형이 웃으며 내 눈앞에 자신의 손을 펼쳤다.
       형의 손은 야구 선수로는 그리 크진 않지만, 나보다 작지 않았다.
경엽 형 광수야, 내야수는 글러브로 공을 잡는 게 아니고 잠시 멈추는 거란다.

나는 그제서야 깨달았다.
내가 가끔 내야수를 볼 때, 제 타이밍에 공을 잡았는데도
왜 자꾸 타자 주자가 세이프되는지를.
그리고 요즘 왜 넥센이 점점 잘나가는지도.

내야수는 글러브로
공을 잡는 게 아니고
잠시 멈추는 거다.

야구
생각
박광수

야구 역사상 논란의 여지가 있긴
하겠지만, 가장 긴 홈런의 길이는
뉴욕 양키스 소속
미키 맨틀(Mickey Mantle)의
193m이다.

　뉴욕 양키스 소속인 미키 맨틀(Mickey Mantle)은 1960년 9월 10일 디트로이트 브릭스 스타디움에서 디트로이트 타이거즈를 상대로 193m의 홈런을 기록했다. 이 홈런은 172m라는 이야기도 있지만 당시 수학자들이 189m로 실측하였고, 〈기네스북〉에는 193m로 기록되어 있다. 일본에서는 베네수엘라 출신의 알렉스 카브레라(Alex Cabrera)가 2001년 8월 12일 오사카돔에서 친 175m가 최장거리포 홈런으로 기록되어 있다.

한국은 두산 베어스의 김동주가 2000년 5월 4일 잠실구장에서 기록한 장외 홈런이 157m로 가장 긴 홈런으로 기록되어 있다. 공식 기록으로는 150m지만 두산에서 실측한 결과 157m로 확인되었다고 한다.

야구장은 타자와 가장 먼 거리가 센터이며, 가장 가까운 곳은 좌우 펜스이다. 한국 프로야구 구장은 대부분 좌우 펜스의 거리가 95m이고 센터까지는 120m에 달한다. 그러니 100m가 넘게 쳐야만 홈런이 되는 것은 아니고 운이 좋으면 96m만 쳐도 홈런이 나오는 것이다.

　농구는 멀리에서 던져 바스켓 안으로 공을 넣으면 3점으로 인정받는다. 하지만 야구는 아무리 멀리까지 홈런을 쳐도 주자가 없을 경우에는 단지 1점만 인정될 뿐이다.

누군가가 멀리까지 보낸 홈런을 그렇게 하지 못한 내가 부러워할 이유가 없다.

오히려 멀리 친 선수를 의식해서 더 멀리 치려고 하다가는 어깨에 힘만 잔뜩 들어가서 삼진을 당할 확률만 높아질 테니 말이다.

어깨에 힘을 빼라.

그리고 타석에 들어서기 전에 연습장에서 흘린 땀만 기억하라.

그 땀 속에서 배운 대로 결대로 배트를 투수에게 던진다는 기분으로 치는 것이다. 그렇게 치다 보면 손에 아무런 감촉이 없는 홈런이 나오는 것이다.

1루나 3루로 가장 짧게 친 나의 홈런 1점과 장외 홈런을 쳐서 야구장 밖에 주차되어 있는 차의 유리창을 깬 그의 홈런 1점은 별다를 것이 없으니 말이다.

삶에서도 타인이 이뤄낸 일들에 대해 과민하게 반응하는 것은, 당신이 당신의 삶의 타석에 들어섰을 때 어깨에 힘만 잔뜩 들어가게 만들 뿐이다. 타인의 성공을 인정하라. 그의 홈런은 그의 홈런이고, 당신은 당신의 홈런을 치기 위해 당신의 타석에 집중하면 된다.

타석에 들어서기 전에 연습장에서 흘린 많은 땀이 당신이 홈런을 치게 도와줄 것이다.

야 구
생 각
박 광 수

분해하라.
패배를
분해하지 않으면,
다시 그들에게
승리할 수 없다.

야 구
생 각
박 광 수

나는
야구에서
인생을
배운다

　사회인 야구를 시작한 지 10년이 넘었다.

내가 속한 팀은 매주 토요일이나 일요일 혹은 공휴일에 야구를 한다.

1년이 52주이니, 비가 오고 사정이 생겨 못하는 것을 감안하면 1년에 대략 40경기쯤을 치른다. 그렇게 수년을 사회인 야구에 몸담고 있으니 적게 잡아도 지금까지 400경기 이상을 치렀을 것이다.

그렇게 많은 경기를 치르다 보면 여러 팀을 만나게 된다. 그렇게 만난 팀 중에는 우리보다 월등한 실력을 지녀 실력으로는 도저히 어떻게 해보지 못하고 패하는 경우도 있다. 패배가 보이지만 어떻게든 이겨보려고 할 때 치르는 경기가 내 경우에는 가장 재미있다. 반면 가장 재미없는 경기는 실력도 없는 데다 투지마저도 없는 팀을 만난 경우이다. 그럴 때면 이기고도 야구를 위해 기다린 일주일이 허망하다. 우리에게는 일주일간의 스트레스를 풀 수 있는 유일한 통로가 야구인데, 성의 없는 플레이로 상대 팀을 상대하는 것은 결례라고 생각한다. 사회인 야구는 이기기 위해 하는 운동이 아니다. 야구가 분명 스포츠이니 지고 이기는 승패가 갈리기 마련이지만, 이기는 것이 목적이 아니라 이기기 위한 치열함을 즐기는 운동이라고 생각한다. 이것은 비단 야구에만 통용되는 것은 아닐 것이다. 그래서 나는 이길 수 없는 팀과의 경기 혹은 우리와 대등한 실력의 팀들과의 경기를 갈망한다.

　하지만 내 갈망대로 늘 그런 팀을 만나기란 쉽지 않은 일이다.

인터넷이나 전화로 상대 팀을 섭외하는 경우가 대부분이라 한 번 경기를 치른 팀이 아니고서는 상대 팀의 전력을 미리 알고 시합을 잡는 게 여간 어려운 게 아니다. 그래서 우리는 시합 전 상대 팀이 몸을 풀 때 그들을 유심히 지켜본다. 그리고 몸을 풀 때 상대가 잘하는 팀이라고 판단되면 긴장되면서도, 오늘 즐거운 경기를 치를 수 있겠구나 하는 생각에 기쁘다. 반면 코치가 공을 쳐주는 수비 연습에서도 알을 까기가 일쑤인 팀을 만나면 맥이 빠지고 몸을 풀기조차 싫어진다.

　야구는 경기 중에 보이지 않는 예의가 존재한다.
이를테면 너무 많은 점수 차이가 나면 도루를 하지 않는다거나, 상대 팀에게 야유를 보내지 않는 등의 예의 말이다. 하지만 그 예의라는 것이 모든 팀에 통용되는 것은 아니다. 못하고 잘하는 팀을 만나는 것은 우리의 운이겠지만, 못하는 상대 팀이 치열함도 분함도 없이 성의 없이 경기를 치를 때는 예의가 필요없다. 그런 경우 점수 차이가 많이 나도 도루도 하고 더 적극적으로 점수 차이를 벌리라고 팀원들을 독려한다. 우리가 하수라고 인정하고 상대 팀을 봐줄 경우 상대 팀은 우리 팀과 자신들의 팀의 현격한 차이를 인정하지 않기 때문이다. 우리가 이렇게 하기까지 얼마나 노력했는지 그들이 알아야만 야구에 대해 좀더 정중한 자세를 취할 테니 말이다.

　야구는 흐름을 많이 타는 운동이다. 매번 우리에게 이기던 팀도 흐름을 놓치면 맥없이 패하기도 하고, 우리 또한 반대의 경우도 허다하다. 내가 감독일 때 팀원들에게 강조했던 것이 두 가지가 있다. 우리는 프로 선수가 아니기에 가장 조심해야 하는 것은 '사고'로, 다치지 말라고 당부한다. 그리고 다른 하나는 취미로 하기 때문에 실력이 프로 선수 같지 않은 것은 자명한 일이니 누구나 실수할 수 있다고 말한다. 단, 그다음 플레이는 다른 팀원의 사기를 위해서라도 성실하게 해달라고 부탁한다. 난 '우리의 팀'이란 말을 좋아한다. 내 팀이 아니라 우리의 팀이라는 맥락이다. 내 플레이는 개인 성적에만 영향을 미치는 것이 아니다. 나의 느슨한 플레이는 우리 팀 동료들의 사기도 저하시킨다. 실책을

하는 것은 얼마든지, 누구든지 있을 수 있지만 자신이 놓친 타구를 걸어가서
잡는 성의 없는 플레이는 팀의 좋은 흐름을 꺾어놓기 마련이다.

자신이 못 친 공에 분해하고,
자신이 못 잡은 공에 분해하고,
승리하지 못한 것에 분해하라.
그렇지 않으면 당신은 그 공을 또 못 칠 것이고,
그렇지 않으면 당신은 그 공을 또 못 잡을 것이고,
그렇지 않으면 당신의 팀은
또 승리하지 못할 것이다.

선택해!
가정이야, 야구야?

사회인 야구팀에서 가장 바쁜 사람은 투수도 포수도 유격수도 아니다.
사회인 야구팀에서 가장 바쁜 사람은 총무이다.
우리 팀은 구단주, 단장, 감독, 총무 그리고 고문들이 팀을 응원한다.
그중 구단주는 상징적인 역할이고, 단장은 정신적인 지주 역할을 한다.
감독은 2년제로, 주로 밥을 많이 산 사람이 투표에 의해 선출된다.
그리고 선출된 감독이 총무를 임명하는데, 가장 바쁘고 힘든 사람이 총무이다.
총무가 매주 상대편을 섭외하고, 경기장도 알아봐야 하고,
경기 당일에 팀원이 모자라지 않는지도 살펴야 한다.
그 외에도 신경 써야 할 자질구레한 일들이 너무나도 많다.

2년 동안 누구보다 불타는 야구 열정으로 총무 역할을 잘 수행하고 있던
포토그래퍼 한제훈 군이 감독인 내게 와서 이제 총무직을 그만두겠노라고 말했다.
그동안 너무나도 훌륭히 총무일을 해왔고, 임기도 얼마 남지 않은 상황인지라
끝까지 총무를 맡으라는 의미로 제훈이에게 말했다.

나　　제훈아, 너만한 총무가 어딨니? 이제 얼마 안 남았으니 니가 그냥 하자.
제훈　　형, 동생이 이혼하는 거 보고 싶으세요?
　　　　어제 와이프가 저한테 그러더라고요.
　　　　"선택해! 가정이야, 야구야?"라고.

결국 그날로 제훈이는 총무를 그만두고 선수로만 뛰고 있다.
그리고 지금은 '거리의 시인들'에서 랩을 하는 노현태 군이 총무를 맡고 있다.
노현태 군은 마흔두 살 노총각이다.
사회인 야구의 총무는 유부남이 맡기에는 어려운 자리다.

날씨가 문제인가요?
우리 마음이 문제지요.

어느 사회인 야구 감독

사회인 야구를 하는 사람들의 스마트폰 필수 어플은 '네이버'도 아니고, '카카오톡'도 아니다. 그들과 나의 필수 어플은 '날씨 예보' 어플이다. 날씨 어플을 이용해 야구를 하는 주말에 비가 오는지, 야구하기에 맑은지를 살펴보기 위해서이다. 스마트폰이 존재하지 않던 시절 토요일 밤에는 잠을 방에서 자지 않고 마루에서 잤다. 창가 가장 가까운 곳에 잘 곳을 마련하고 밖의 소리가 잘 들리게 창문을 조금 열어놓은 채 자다가 새벽녘에 밖에서 비 오는 소리가 들리면 일어나 안타까운 표정으로 창밖을 물끄러미 내다봤다. 야구를 못한다는 생각에 혼자 히스테리컬한 반응을 보이다가 안방에 들어가 다시 잠을 청하곤 했다. 그러니 사회인 야구를 하는 사람들에게 날씨 어플이란 날씨를 알기 위해 이리저리 뛰던 노고를 해결해준 고마운 존재이다.

야구는 축구와 달리 비가 오면 경기를 할 수 없다.
축구도 비가 오면 경기력에 영향을 끼치곤 하지만 그렇다고 야구처럼 게임 자체를 포기해야 하는 것은 아니니 야구보다는 덜 영향을 받는다고 할 수 있다. 비가 올 때 야구를 할 수 없는 이유는 그라운드가 비에 젖으면, 공이 튀거나 구르지 않기 때문이다. 방수 처리가 되지 않은 가죽으로 감싼 야구공은 축구공과 달리 물을 빨아들이기 때문에, 비에 젖은 그라운드를 몇 번 구르면 공이 무거워져 쓸 수가 없다. 그런저런 연유로 야구는 비가 오면 할 수 없다. 그건 프로야구에서도 동네 야구에서도 통용되는 당연한 룰이자 통념이다.

그런 우리의 상식적인 룰과 통념을 깬 사건이 하나 있었다. 어느 날 주말이었다. 아침에 일어나 휘파람을 불며 야구복으로 갈아입고 주말 야구를 즐기러 가기 위해 채비를 했다. 집에서 야구짐을 싣고 차를 몰고 야구장으로 향했다. 다들 각자 차를 몰고 야구장으로 오기 마련인데, 대부분 한 시간 정도 걸려

야구장에 도착한다. 한 시간 동안 마인드 컨트롤을 하며 창밖을 보니 구름은 약간 있었지만 비가 와서 야구를 못할 정도는 아니었다. 안심하며 천호대교 밑에 있는 야구장으로 가니, 그곳에는 팀원들이 몇 명 도착해 있었다. 팀원이 오기까기 모여서 담배도 피우고 사소한 잡담을 나누는 것으로 우리의 야구는 시작된다.

얼추 시합 시간이 다가오고 팀원도 다 모여서 차에서 야구짐을 막 꺼내려 할 때, 마치 하늘이 마법에 걸린 것처럼 우리가 있는 쪽으로 먹구름이 몰려들기 시작했다. 하늘은 순식간에 지하실에서 형광등 스위치를 내려버린 것처럼 어두워졌고, 이내 폭우라고밖에 설명할 길이 없는 굵은 빗방울이 야구장에 쏟아졌다. 강변에 만들어진 야구장은 멀리서 보기에 야구장의 형태만 갖추어져 있을 뿐, 열악하기 그지없다. 일정 기준의 흙을 깔아야 하나 대부분 그렇지 못해 슬라이딩을 하면 슬라이딩한 부위가 까져 피가 흐르기도 할 정도였고, 배수시설 또한 기준에 못 미치는 야구장이었다. 그런 곳에 장대비를 퍼붓고 있으니 우리는 장비를 다시 넣고 대교 아래에서 비를 피하며 망연자실한 표정으로 물이 차 들어가는 야구장을 바라볼 수밖에 없었다. 다들 담배를 물었지만, 야구장에 막 도착해서 담배를 꺼내 물었을 때와는 딴판으로 아무런 말도 없이 그저 야구장만 바라보고 있었다.

30분쯤 흘렀을까? 비는 그칠 기미가 보이지 않았고, 야구장 군데군데에 물웅덩이가 생겨났다. 감독이었던 나는 게임을 진행할지 말아야 할지 판단해야 했는데, 팀원들에게 짐을 싸서 돌아가자고 말하려는 순간 상대 팀 감독이 다가왔다.

<u>상대 감독</u> 오늘 어떻게 하실 거죠?

<u>나</u>　　　네? 어떻게 하실 거냐뇨?

<u>상대 감독</u> 아니 경기를 어떻게 하실 거냐고요?
<u>나</u>　　　비가 이렇게 오는데 경기를 할 수 있겠어요?
<u>상대 감독</u> 비가 문제인가요? 우리의 마음이 문제지.

　그 순간 머릿속이 하얘지며 자존심에 크게 상처를 입었다.
나도 야구에 대한 열정이라면 누구에게도 지지 않는다고 자부해왔는데, 나보다
훨씬 대단한 사람을 눈앞에서 보니 기가 막히고 코가 막히면서 지면 안 된다는
오기가 발동했다. 그러고는 상대 감독에게 말했다.
<u>나</u>　　　해야죠. 비 따위가 문제인가요? 애들아 짐 풀어. 오늘 야구한다.
그때도 나와 상대 팀 감독의 귓가에는 선명한 빗소리가 들렸지만 우리는 씩
웃으며 서로의 눈만 쳐다봤다.

　우리는 그날 몇 개를 썼는지 셀 수 없을 만큼 공을 소비했다. 후에 글러브에 핀
곰팡이를 없애느라 다들 애를 먹고, 팀원의 상당수가 감기에 걸려 고생했지만,
그날의 경기는 야구 인생에서 가장 즐거운 기억이자 소중한 경험으로 남았다.
난 그 경기를 통해 세상의 룰과 통념이란 것은 대체로 지키는 것이 맞지만 때론
그것을 뛰어넘는 그 무엇도 중요하다는 것을 몸으로 느꼈다. 그것을 뛰어 넘게
하는 것은 지치지 않는 열정이다. 그때의 열정이면 난 지금도 못할 것이 없는
사람이다.

외야수는
공에 흙을 묻히지 않는다.

이 글은 우리 홈페이지에 포토그래퍼 한제훈 군이 쓴 글을 퍼온 것입니다.

오늘 다른 야구 카페에서 본 글입니다.
왜 그렇게 찡하게 가슴에 남는 건지.
군대 시절 성경책에 적혀 있던
'내가 헛되이 보낸 오늘은 어제 죽은 이가 그렇게 바라던 내일이다.'
이후 가장 소중한 명언으로 마음에 와 닿더군요.
앞으로 '조마조마'에서 선수 생활을 하는 동안 외야수는
공에 흙을 묻히지 않는다는 말을 꼭 지켜 나가도록 노력하겠습니다.
아, 그나저나 이제 잔디 구장에서만 야구를 해야 하는 건가?

지금이 끝낼 때라는
생각이 든다.

토니 라 루사(Tony La Russa)

나는 야구에서 인생을 배운다

　2011년 미국 프로야구 월드 시리즈에서 세인트루이스 카디널스는 텍사스 레인저스와 월드 시리즈 최종 7차전까지 가면서 극적으로 우승했다. 그리고 바로 다음 주인 11월 1일, 토니 라 루사(Tony La Russa) 감독이 은퇴를 선언했다. 그는 월드 시리즈에서 우승한 직후 은퇴를 하며 팀복을 벗는 최고의 감독이 됐다. 누구나 '박수칠 때 떠나라'는 말은 알지만, 그것을 행하기란 얼마나 어려운가. 그는 그것을 과감히 실행에 옮긴 최고의 메이저리그 감독이 된 것이다.

　감독 목숨이 파리 목숨인 프로의 세계에서 그는 33시즌 동안 연속으로 지휘봉을 잡은 명장이었으며, 2010년에 타계한 스파키 앤더슨(Sparky Anderson) 감독에 이어 두 번째로 아메리칸 리그와 내셔널 리그, 양대 리그에서 우승한 두 번째 감독이 되었다. 또한 그는 네 번이나 '올해의 감독상'을 수상했다.
위대한 감독이었던 토니 라 루사는 세인트루이스 부시 스타디움에서 회견을 열며 "지금이 바로 끝날 때라는 생각이 든다"고 말했다. 이어 "은퇴를 공식 발표하기 하루 전날 선수들에게 은퇴 소식을 알렸더니 다 큰 몇몇 선수들이 울었다"라고 말하자 장내가 숙연해졌다. 그런 숙연함을 풀기 위해서였는지 그가 활짝 웃으며 말했다. "선수들이 날 울린 적이 있었기 때문에, 그들이 우는 모습을 보니 기분이 좋았다." 그 또한 감정이 북받치는 듯 눈가에 눈물이 그렁그렁했지만 끝내 울지는 않았다.

　사람의 욕심은 끝이 없다. 더 많은 것을 이루기 위한 노력은 삶을 밀고 나가는 동력이 되지만, 과한 욕심은 삶을 파멸로 이끈다는 것을 여러 경로를 통해 보아 왔다. 과하지 않은 절제의 철학을 가장 아름다운 모습으로 은퇴하는 그에게서 배운다.

형,
장농 위를 찾아봐.

'조마조마'는 올해로 10년이 된 팀이다.
현재 입고 있는 유니폼을 팀원들 대부분 마음에 들어해 앞으로는 더 이상
디자인을 바꾸지 않고 지금의 유니폼을 고수하기로 했다.
하지만 그전에는 거의 매년 디자인을 바꾸는 것이 관례처럼 여겨질 정도로 유니폼을 바꿨다.
그러다 보니 장농 서랍을 보면 지금은 입지 않는 유니폼이 열 벌 이상 쏟아져나올 정도다.

몇 주 전 포토그래퍼 한제훈 군이 깜박하고 모자만 늦게 세탁하는 바람에
예전 모자를 쓰고 야구장에 왔다.
그 모습을 보고 친구 장환이가 제훈에게 한마디했다.

장환　제훈아, 장농 위를 찾아봐.
제훈　네?

장환이의 말에 제훈이가 무슨 뜻인지 몰라 어리둥절한 표정을 지었다.
장환　우리 와이프는 장농 위에 모자를 숨겨놓거든.

장환이는 아마 제훈이 와이프가 야구를 못 가게 하기 위해 모자를
어딘가에 감춘 것으로 판단한 모양이다.
사회인 야구는 상대편과 겨뤄 이겨야 하기도 하지만,
와이프와의 싸움에서도 이겨야 하는 어렵고 험난한 운동이다.

야구는 즐거워

사람들은 야구를
시작할 때
'플레이볼'이라고 외친다.
'워크볼'이라고
말하지 않는다.

윌리 스타젤(Wille Stargell)

나는 야구에서 인생을 배운다

　프로야구 선수들은 '야구'가 직업이다.

따라서 우리와 달리 프로야구 선수들이 야구장에 들어서는 것은 일을 하러 가는 것이라 말해도 무방할 것이다. 사회인 야구를 하는 우리는 그들을 볼 때마다 저절로 투덜이 스머프가 된다. 프로야구 선수들이 부럽다고. 왜냐고? 당연한 일이겠지만 우리는 야구를 하기 위해 자비로 유니폼을 맞추고, 장비를 사고, 회비를 내서 모은 돈으로 야구장을 잡고 상대 팀을 섭외해 경기를 치르기 때문이다. 우리가 경기를 치르는 야구장은 또 어떠냐 하면 프로야구 선수들의 그것과는 사뭇 다르다 못해 외야는 수풀이 무성해서 덫이 되어 넘어지기 일쑤고, 내야는 자잘한 돌밭이라고 해도 무방하다. 그러니 좋은 유니폼에, 좋은 장비에, 좋은 경기장에서 야구하며 게다가 돈까지 받는 그들이 부럽지 않을 수 있을까?

　지금이야 사회인 야구를 오래 하다 보니 안 서본 구장이 없을 정도로 한국에서 가장 좋은 곳부터 가장 안 좋은 곳까지 모든 경기장을 경험했다고 자부한다. 처음 잠실야구장에서 야구를 했을 때와 시설이 가장 좋다는 인천문학경기장에서 경기를 치렀던 그 감동은 지금도 잊을 수 없다. TV에서만 보던 그곳에서, 나의 우상이었던 수많은 선수를 길러내고 배출한 곳에서 경기를 치르는 그 기분은 세상의 어떤 텍스트로도 설명이 불가하다. 최근에는 일본 단체의 초청을 받아 일본 오사카 돔에서도 야구를 했다. 불 꺼진 돔에서 단 한 명만을 위한 핀조명과 타국에서 울려퍼지는 애국가는 감동을 넘어 눈물을 들키지 않기 위해 노력까지 했을 정도였다. 부러웠다. '이런 곳에서 야구를 하니 실력이 늘 수밖에 없지'라는 생각이 절로 들었다.

　잠실에서, 문학에서, 오사카 돔 등 좋은 곳에서 경기를 해보기는 했지만 그건 그때뿐이었고, 전반적인 우리 팀의 상황은 크게 달라지지 않았다. 늘 거친 땅과 수풀이 우거진 외야에서 하는 야구가 우리의 본류였으니 말이다. 우리 팀은 종종 아무 생각없이 친한 선수를 우리 경기에 초대하는데, 어느 날은 지금은 없어진 당시 현대 유니콘스 1루수 이숭용을 초대했다. 당시 이숭용은 슬럼프에 빠져 2군에 내려 와 있을 때였고, 야구에 대해 여러 가지 생각이 들 때였다고 후일 회상했다. 암튼 우리는 철없이 이숭용에게 우리의 유니폼을 입히고 좋아했다. 그리고 그에게 3루 수비를 맡겼다. 프로에서도 마찬가지지만, 아마 야구에서도 3루가 가장 어려운 코스이기에 그가 잘해주리라는 믿음으로 그 자리에 배치했다.

결과적으로 그날 이숭용은 경기를 치르며 에러를 세 개나 냈다. 우리는 친한 그에게 면박을 주는 것은 당연했고, 심지어 프로가 왜 그리 못하냐고 놀리기까지 했다. 프로니까 우리보다 월등한 실력은 당연하니 우리와는 다른 완벽한 플레이를 기대했기에 조금 실망한 것도 사실이었다. 그러자 그가 상기된 얼굴로 나에게 고백하듯 말했다.
"형, 내가 오랫동안 야구를 해왔지만, 이렇게 땅이 고르지 못한 곳은 처음이야. 불규칙 바운드로 공이 튈까봐 무서워서 야구를 할 수가 없더라고. 어떻게 그런 곳에서 야구를 해?"
해프닝처럼 그의 초청 경기가 지나갔다.

그리고 수년이 지나 그날의 경기에 대해 이숭용이 입을 열었다.
<u>이숭용</u>　형, 그때 기억해?
<u>나</u>　　언제?
<u>이숭용</u>　형이 불러서 형네 팀에서 내가 야구했던 날.
<u>나</u>　　어, 기억하지. 니가 그날 에러를 세 개나 냈잖아.

이숭용　그날 땅이 너무 불규칙해서 다칠까봐 못했어.

　　　　우리들은 몸이 재산이잖아.

나　　　야, 우리는 맨날 그런 곳에서 해.

이숭용　그러니까 나 사실 그날 형네 팀에서 뛰고 많은 걸 배웠어.

나　　　정말? 프로인 니가 아마추어인 우리한테 뭘 배워?

이숭용　프로인 우리에게 없는 것. 열정과 재미.

나　　　열정과 재미?

이숭용　나도 처음에는 야구가 좋아서 시작했거든. 근데 시간이 지나고 그게
　　　　직업이 되니까 어느 순간 내가 야구를 즐기지 못하고 있더라고. 근데
　　　　그날 형네 팀에서 뛰어보면서, 이렇게 위험한 곳에서 야구를 하며 즐
　　　　거워하는 모습을 보고 반성했어. 그날 이후 내가 야구를 하고 있다는
　　　　것 자체에 감사하게 되었어. 그렇게 생각하니 다시 야구가 즐거워
　　　　지더라고.

숭용의 말을 듣다 보니 잊고 있었던 이야기가 떠올랐다.

재능 있는 자가 노력하는 자를 이기지 못하고,
노력하는 자는 즐기는 자를 이기지 못한다.

겟 투,
겟 투…

오랫동안 야구를 하다 보면 태생적으로 혹은 여러 가지 악연으로
절대로 지고 싶지 않은 팀이 있기 마련이다.
그날도 그랬다. 지고 싶지 않은 팀과의 시합에서 팀원들이 모두 합심해
최대한의 전력을 쥐어짜서 결국 우리가 바라던 대로 승리를 이끌어냈다.
기분이 좋아진 우리는 그냥 헤어지기 섭섭하다며 전부 모여 근처 공터에서 족구를 한판 했다.
족구가 끝나자 누군가의 제안으로 조마조마배 당구대회가 열리고
당구대회가 끝나자 근처 호프집에서 맥주 한잔으로 하루를 마감했다.
그런 날은 기분은 좋지만, 몸은 파김치가 된다.
술을 못 마시는 장환이의 차에 팀원들이 우르르 올라탔고, 잠깐 그날 경기를 복기해보았다.
누가 잘했고, 누가 못했고 어느 부분이 경기의 승패를 결정짓는 순간이었다고.
너무 피곤했는지 내 옆에 앉아 있던 연기자인 종원이가 조그맣게 코를 골기 시작했다.
어지간히 피곤했나 보다라고 생각할 때 종원이가 잠꼬대를 한다.

종원 자, 겟 투, 겟 투….

종원이도 나처럼 어지간히 이기고 싶었나 보다.
이런 마음이 모여 팀이 승리하는 거다.
그나저나 종원이는 꿈속에서도 야구를 하고 있나 보다.

리더는
결과로 말해야 한다.
어떻게든 정상에 올려놓은
다음 선수들의 신뢰를
얻어야 하는 위치다.

김성근

나는 서울에서
야구인생을
배운다

　프로야구 감독들이 종종 이야기한다.

경기는 선수들이 한다고. 맞다. 감독은 선수들의 플레이가 답답해도 경기에 뛸 수가 없다. 프로야구 원년 백인천 감독처럼 선수와 감독을 동시에 한 경우가 있긴 하지만, 야구의 세월이 깊어진 요즘에는 그러한 경우를 좀처럼 찾아볼 수가 없다. 야구는 선수가 하는 것이 분명함에도 불구하고 야구의 승부에는 감독의 역할이 굉장히 중요하다. 많은 사람이 좋은 감독, 명감독을 필요로 하는 이유는 플레이를 하는 선수들 그 이상의 무언가가 분명 존재하기 때문이다. 어떤 감독은 자율 야구를 표방하고, 어떤 감독은 엄한 아버지 같은 역할론을 내세운다. 감독이 표방하는 야구가 어떤 야구라고 해서 팀이나 팀원으로서 그것이 잘못된 것은 아니다. 다만 그가 표방하는 야구가 모든 팀에 잘 적용될 수 있다는 것은 또 다른 문제일 것이다. 어떤 팀은 자율 야구가 잘 맞을 수 있고 또 어떤 팀은 엄한 규율을 가지고 운용하는 것이 잘 맞을 수 있을 것이다. 그것을 잘 알고 올바르게 결정하는 것이 감독의 역할이다.

　만년 꼴찌인 팀을 우승으로 이끌고, 신고 선수로 들어가 빛을 못 보고 2군에 머물던 선수를 4번 타자로 만들고, 타 팀의 별 볼일 없는 선수를 데려가 20승 투수를 만드는 것이 감독의 일이다.

팀의 가장 부족한 부분이 무엇인지 아는 사람,

그 부족함을 아는 데 그치지 않고 무언가로 채워 나가는 사람,

팀에서 자신의 역할이 정확히 무엇인지 읽어내고

그것을 잘 실행에 옮길 수 있는 그런 사람이 감독인 것이다.

　'애플'은 세계 최초로 개인용 컴퓨터를 만든 회사다. 그 프리미엄 덕분에 한때 잘나가다가 곤두박질친 적이 있다. 그때 회사의 결정은 자신들의 손으로 쫓아낸

스티브 잡스(Steve Jobs)를 다시 회사로 불러 들이는 일이었다. 빛을 잃어가는 회사를 다시 살려낼 수 있는 사람은 그밖에 없다고 판단한 것이다. 판단은 적중했다. 연봉을 단 1달러만 받기로 하고(물론 그는 스톡 옵션으로 많은 돈을 챙겼지만) 짧은 시간 안에 전혀 다른 회사를 만들었다.

새로운 개념의 컴퓨터인 아이맥을 시작으로, 컴퓨터 회사이니 컴퓨터만 만든다는 고정관념을 뛰어넘어 세계적으로 히트 친 아이폰을 개발했다. 그리고 그 아이폰을 기반으로 한 아이패드를 만들어 연이은 홈런을 날렸다. 사람들은 아이맥을, 아이폰을, 아이패드를 스티브 잡스가 만들었다고 말한다. 그것이 잘못된 말은 아니지만, 실제 우리가 열광하고 세상의 디자인 조류를 바꾼 애플의 디자인은 '조나단 아이브(Jonathan Ive)'에 의해 만들어졌다.

그 디자인 역시 조나단 아이브 혼자만의 작품은 아닐 것이다. 애플의 많은 디자이너와 기획자와 엔지니어들이 머리를 맞대고 만든 것이 오늘날 우리가 열광하는 애플의 결과물일 것이다.

스티브 잡스가 아이폰을 만들며 직접 납땜을 하지는 않는다. 하지만 수많은 사람을 어느 위치에 놓고, 어떤 역할을 수행하게 할지는 잡스의 몫이다. 만약 당시 그가 그 위치에 있지 않았다면 우리는 아이폰과 만나지 못했을지도 모른다.

코닥은 세계 제1의 필름 생산 업체였다. 그 견고했던 코닥이 지금 망해가고 있다. 망해가는 가장 큰 원인 중 하나는 디지털카메라의 발전으로 더 이상 필름을 필요로 하는 사람들이 없기 때문이다. 그러나 아이러니하게도 디지털카메라의 최초 개발 회사가 바로 코닥이다. 코닥은 디지털카메라를 처음으로 개발했고, 그것을 상용화시키고 발전시켜 나갈 수 있는 원천 기술과 자본을 충분히 지녔음에도 불구하고 당시 주력 사업인 필름 사업에 나쁜 영향을 줄 수

있다고 판단한 CEO 때문에 디지털카메라의 생산을 포기하며 몰락의 길을 걷고
있다.

　좋은 감독, 좋은 CEO, 좋은 지도자란 시대의 맥을 짚어낼 줄 아는 사람이다.
100년 앞을 내다보고 국가적인 기반사업을 정하는 것,
눈앞의 이익에 흔들리지 않고 장기적인 회사의 동력을 찾아내는 것,
아픈 환자를 고치는 명의처럼 꼴찌인 팀을 살려내서 우승 팀을 만드는 것.
우리가 스타 플레이어에 환호를 보내면서도 그 뒤에서 묵묵히 받쳐줄 명 감독을
찾는 이유이다.

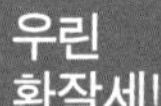

우린
환잘세!

요새는 바빠서 통 야구장에 못 나오고 있지만, 나와 1루를 번갈아 보며
1루수 경쟁을 하는 이는 연기자 유준상이다.
준상이는 나와 동갑내기 친구로 우리는 항상 자신이 야구를 더 사랑한다며 으르렁대는 사이다.
그러던 어느 날, 내가 아주 중요한 경기에서 선발 투수로 나가게 되었다.
당시 어깨가 좀 안 좋았던 나는 경기 전날 병원에 가서 진통제를 맞고
야구장에 나갔다.
야구장에 먼저 도착해서 몸을 풀고 있는 나에게 준상이가 말했다.

준상　어때? 어깨가 안 좋다더니 몸은 좀 괜찮은가?
나　　응, 어제 어깨에 진통제를 맞았더니 괜찮은 거 같아.
준상　어깨에 주사까지 맞았어?
나　　응….

내가 어깨에 주사를 맞았다는 말을 들은 준상이는 잠시 생각에 잠기더니 내 어깨를 감싸고
눈을 맞추며 말했다.

준상　자네와 나는 진짜 야구 환잘세! 내 자넬 인정하지.

프로야구 선수에게는 실력이 중요하고, 사회인 야구인에게는 열정이 중요한 법이다.

승리하면
조금 배우지만,
패배하면
모든 것을
배울 수 있다.

크리스티 매튜슨(Christy Mathewson)

나는 야구에서 인생을 배운다

당연한 일이지만, 스포츠는 이겨야 한다.

이기려고 하는 것이 스포츠인지도 모른다.

올림픽에 참가하는 스포츠 약소국들은 참가의 변으로 참가에 의의를 둔다고들 하지만, 참가만으로 의의를 둔다고 해서 참가 때마다 꼴찌를 하고 싶지는 않을 것이다. 지금은 참가에 의의를 두고 스타트하지만 언젠가는 자신을 비웃었던 이들을 보란 듯이 이기진 못하더라도 그들의 얼굴에서 웃음기가 사라지게 해주 겠다는 다짐 같은 것이 가슴 한구석에 자리하고 있을 것이다. 그렇기 때문에 수모에 가까운 경기를 치르면서 땀을 뻘뻘 흘리는 것이다.

앞에서 말한 것처럼 스포츠에서는 이기면 기쁘다.

하지만 그것이 마냥 기쁘지만은 않은 경우도 있다.

내가 속한 '조마조마' 야구팀은 소위 연예인 야구팀으로 알려져 있다.

방송에서 우리가 하는 야구를 보고 꽤 못하게 보였는지, 우리 팀의 실력을 우습 게 여기며 친선 경기를 신청하는 경우가 많다. 야구에 배고픈 우리는 상대 팀이 정식 야구장만 섭외되어 있다고 하면 서울 근교까지 마다 않고 찾아가서 야구를 한다. 그렇게 야구장의 컨디션만 체크하고 야구를 하러 갔다가 간혹 난감한 때를 당하기도 한다. 그 난감한 경우란, 야구장에 도착해서 보니 창단한 지 1년도 안된 팀이 우리에게 경기를 요청한 때다. 우리가 허접하게 보일지는 몰라도 올해로 11년 된 팀이고 대부분의 선수들이 평균 15년 이상 야구를 한 사람들이다. 그래서 3부 리그에서는 어떤 리그에 가도 우승할 수 있는 저력을 가진 팀이기도 하다. 그러니 창단한 지 1년도 안된 팀과의 경기는 중학생과 대학생과의 경기처럼 내용이 뻔하다.

그런 경기는 이겨도 기쁠 것이 없다. 그런 경기는 평소에 많이 뛰지 못하는 2군

급 선수들로 경기를 치른다. 나머지는 덕아웃 뒤에서 담배를 피우거나 농담이나 하면서 시간을 때우듯 경기를 치른다. 결국 그런 경기를 섭외한 사람에게 대부분의 원망이 돌아간다. 물론 그런 경기는 남는 것이 없다. 이긴다 해도 승리의 기쁨이 없고, 경기를 통해 배우는 것도 전무하다. 반면 우리보다 강팀을 만나서 경기를 치르다 가까스로 경기에서 이기면 기쁘고, 지면 우리 팀과 강팀을 비교해가며 우리에게 부족한 것을 깨닫는다.

승리만이 기쁨을 주지는 않는다. 패배하며 부족한 것을 알아가는 기쁨도 있다. 우리 팀이 패배를 통해 더 나아지리라는 미래의 기약에 대한 기쁨 말이다.

야,
형이라고 불러.

'조마조마'에는 연예인들이 있어서, 그들의 팬들이 가끔 응원하러 온다.
그냥 오는 것도 아니고, 빵이나 음료수를 잔뜩 가지고 오니
정말로 고마운 일이 아닐 수 없다.
우리 팀에서 팬들 동원력이 가장 좋은 사람을 굳이 꼽자면
그룹 초신성의 광수, 건일 그리고 가수 임태경이다.
조마조마의 팀원들은 가끔 가족들을 야구장에 데려오기도 하는데,
그날은 내 친구 장환이가 아들을 데리고 왔다.
그런데 그날 따라 누구의 팬인지는 알 수 없지만
좀 예쁘장한 팬들이 야구장을 방문했다.
그리고 그날 따라 다 커서 독립적이었던 장환이의 아들이
장환이의 뒤를 졸졸 따라다니며 "아빠, 아빠" 하며 쫓아다녔다.
그러자 장환이가 아들의 귀에 대고 조그맣게 말했다.

장환 야, 형이라고 불러!

장환아, 그 말 농담이었지?

니가
언제는 잘했니?

박광수

나는
야구에서
인생을
배운다

이건 내가 한 말이다.

정확히는 슬럼프에 빠져서 괴로워하는 내 친동생 같은, 지금은 은퇴하고 프로야구 해설을 하는 이승용에게 했던 말이다. 프로 운동선수들과 친한 대부분의 사람들이 아는 운동선수가 슬럼프에 빠졌다고 하면 밥을 사고, 술을 사며 위로하기에 바쁘다. 그러면서 슬럼프에 빠진 그에게 무한한 용기와 위로를 준다.

"넌 잘할 거야."

"넌 잘할 수 있어."

"개구리가 멀리 뛰기 위해서는 움츠리는 거야."등등의 응원 말이다.

하지만 난 프로야구 선수들을 많이 알고 친하게 지내는 사람도 많지만 그런 사탕발림을 해본 적이 별로 없다. 생각해보니 별로 없는 것이 아니라 단 한 번도 없다. 그런 나를 사람들은 냉혹하다거나 이상하게 보기도 하지만 그렇게 슬럼프에 빠진 친구들을 앞에 놓고 언제나처럼 담담하게 말한다.

"니가 언제는 잘했니? 그냥 언제나처럼 꾸준히 열심히 해."라고.

처음에는 나의 그런 말에 승용이가 상처를 입기도 했다고 한다.

그런데 언제나 일관된 나의 행동과 말에 나중에는,

"그렇지? 내가 잘한 적이 없지? 괜히 잘 못한다고 고민했네."라며 너털웃음을 짓고는 나를 만나러 왔을 때보다 한결 가벼워진 발걸음으로 돌아가곤 했다.

나는 안다.

칭찬과 격려는 고래를 춤추게 한다는 것을.

하지만 과한 칭찬과 과한 기대감은 당사자를 힘들게 만든다는 것도 안다.

살아보니 1등만 행복한 게 아니라는 것을 알게 되었다.

2등이어도 3등이어도 혹은 등수 밖이라도 행복하게 사는 방법을 우리는 배워야 한다. 스포츠에서 1등은 예외를 제외하곤 단 한 명이다. 하지만 삶은 다르다. 돈을 많이 버는 사람으로 1등을 할 수도 있을 것이고, 공부를 많이 해서 학식으로 1등을 할 수도 있을 것이고, 또 여자를 잘 꼬셔서 플레이보이로 1등을 할 수도 있고, 부모님에게 잘해서 효자로 1등을 할 수도 있다. 그 외에도 여행을 많이 해서 여러 나라를 많이 갔다 온 사람으로 1등을 할 수도 있고, 대통령이 되어서 대한민국 1인자로 1등을 할 수도 있다. 하지만 나는 어느 1등이 가장 행복한 1등인지는 잘 모르겠다. 그런고로 가장 경계하는 일은 내가 사랑하는 아이에게 1등을 바라고 또 그렇게 만들기 위해 격려나 응원을 가장해서 내 만족을 채우는 일이다. 나도 그렇지만 세상의 모든 부모가 자식이 행복하기를 바란다. 하지만 자신의 만족을 채우기 위해 아이의 행복을 망치는 일을 종종 보아왔다.

나이가 들면서 본인의 자랑거리는 줄어들고 웃기는 일이지만 그 자랑거리가 자식으로 옮겨진다. 그러면서 누군가가 말한다.
"내 아이가 엄청 공부를 잘해. 아무래도 서울대를 갈 것 같아."
또 누군가가 말한다.
"우리 큰형 아들이 서울대에 갔잖아. 우리 집안의 자랑이지."
나도 내 아이들이 이른바 명문대에 가는 것이 삶의 행복 티켓을 예매하는 것이라고 믿는다면 기어코, 어떻게든 명문대에 보내기 위해 전력을 다할 것이다. 하지만 그러한 대학을 나왔다고 전부 행복하지 않다는 것을 삶의 경험을 통해서 알고 있다. 또 반대로 좋은 대학을 나오지 못했다고 불행한 삶을 사는 사람들을 본 것도 아니다. 부모인 나의 욕심만 버린다면 아이들이 공부에 쫓기며 삶의 무게에 짓눌리지 않고 조금은 더 행복하게 살 수 있을지 않을까 하는 생각이 든다.

나도 사람인지라 내 아이가 총명해서 다른 아이보다 뛰어나길 바란다. 그래서 아이들이 철없이 뛰어노는 것을 보면 나도 모르게 발끈해서 아주 오래전 내 부모님의 모습이 나도 모르게 튀어나온다.

"숙제했어? 공부도 좀 해야지…"라고 말하다가 아이의 어두워진 표정과 나도 모르게 손에 꽉 들어간 힘을 느끼는 순간 아차 싶은 생각이 든다. 그리고는 내 굳은 얼굴에 표정이 어두워진 아이를 안아주며 다시 고쳐 말한다.

"아빠가 화내서 미안해. 아빠는 니가 세상에서 가장 행복한 사람이 되었으면 해."

공부든 야구든 자신이 원하는 것을 할 때 가장 큰 성취를 보인다.

억지로 잡아다 놓고 시켜서 된다면 세상 사람 모두가 1등을 했을 것이다. 그리고 나는 세상 모든 일이 단번에 이루어지는 것은 없다고 믿는다.

오랜 시간 꾸준히 한 걸음 한 걸음 쌓이는 것이다.

슬럼프에서 벗어나기 위해 하룻밤을 새워 배트를 휘두른다고 내일 당장 홈런을 칠 수 있는 것은 아니다. 공부든 연애든 뭐든 마찬가지다. 그저 괴로워하기보다 자신의 취약점을 알고 노력할 때 고쳐지고 나아가는 것이다.

부모도 결국 타인이다. 내 아이의 행복을 일정 부분 부모가 뒷받침해줄 수는 있으나 결국은 그들의 온전한 몫으로 남기 마련이다. 난 언제나 단 한 가지만 아이에게 말해준다. 공부를 열심히 해라 혹은 남보다 나은 사람이 되라가 아니고 그저 늘 행복한 사람이 되길 바란다고.

그냥 가면 의심해.

야구를 하는 날에 기분 좋은 것 중 하나는 잘 세탁된 깨끗한 유니폼 입는 것이다.
그래서 대부분의 사람들은 비가 와서 웅덩이가 생긴 날에는
웅덩이에 발을 빠뜨려 유니폼이 더러워지는 것을 싫어한다.
그래서 중요한 시합이 아니고서는 슬라이딩하는 것도 되도록 피하게 된다.
그런데 어느 날 시합이 끝나자 뮤지컬 배우인 정열이가 손으로 흙을 퍼서
자신의 옷에다가 흙을 마구 묻히는 것이었다.
그러다 흙이 잘 묻지 않는다고 생각했는지, 바닥에 누워 막 구르기 시작했다.
팀원들은 깨끗한 옷에 흙을 묻히는 정열이가 이상해 보였다.
그래서 다들 의아한 얼굴을 하고 왜 그런 짓을 하느냐고 물었다.

<u>조마조마</u> 정열아, 너 왜 그래? 어디 아퍼?
정열   옷이 깨끗한 채 들어가면 와이프가 딴 데 간 걸로 의심한단 말이야.

아, 정말이지 유부남이 사회인 야구를 하다는 건
참으로 어렵고 어려운 일이다.

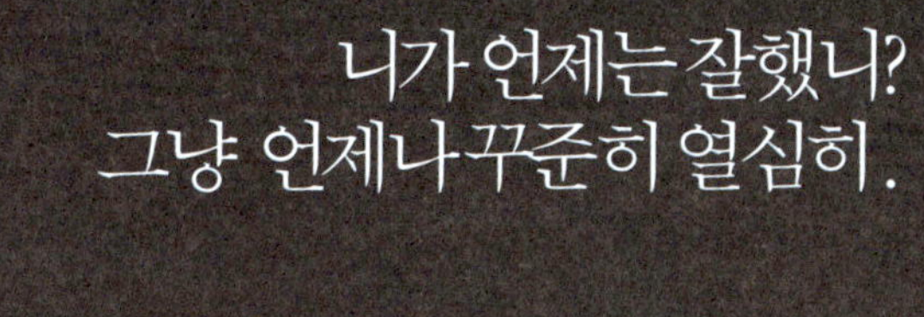

니가 언제는 잘했니?
그냥 언제나 꾸준히 열심히 .

야 구
생 각
박 광 수
야 구
생 박 각 광 수

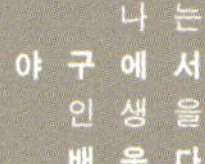

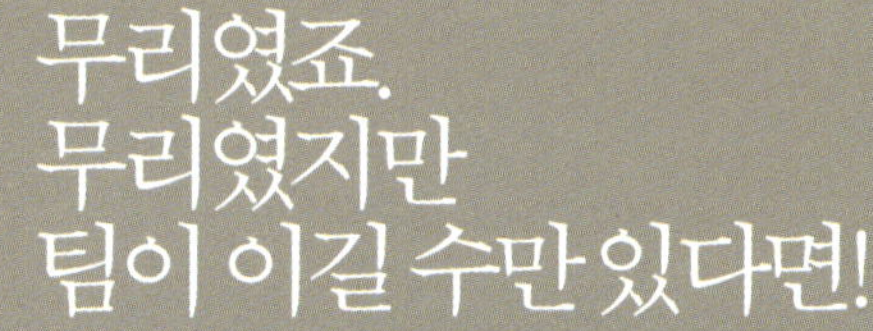

무리였죠.
무리였지만
팀이 이길 수만 있다면!

최동원

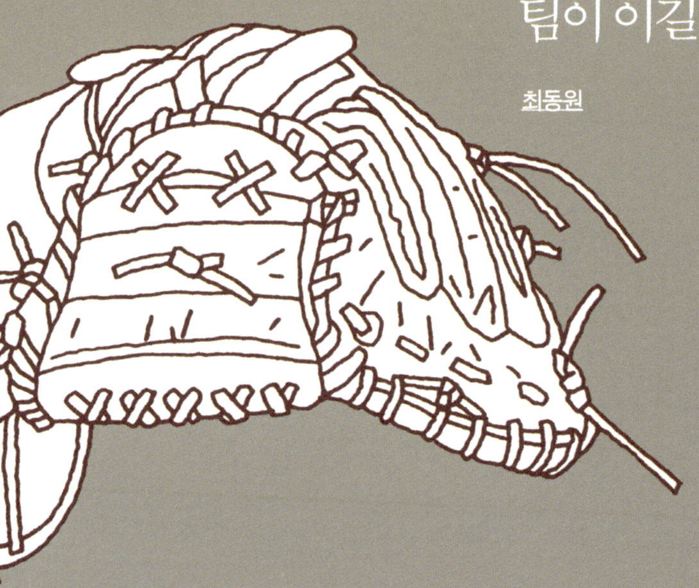

한국 프로야구 역사상 투수에 대해 말할 때 불세출의 투수 선동열을 빼놓고 이야기할 수는 없다. 하지만 선동열에 대해 이야기할 때 절대 빠질 수 없는 투수가 있다.

최. 동. 원.

2011년은 한국 프로야구에 있어서 가장 슬픈 해일 것이다. 강철 어깨의 최동원 선수와 최고의 교타자인 장효조 선수가 같은 해 세상을 등졌기 때문이다. 최동원은 1958년 5월 24일 부산에서 태어났다. 구도 부산에서 야구를 시작해 연세대를 졸업하고 1983년 부산을 연고로 한 롯데 자이언츠에 입단하면서 그의 프로야구 생활이 시작된다.

1984년 최동원은 삼성과의 한국 시리즈에서 혈투 끝에 혼자 4승을 거두며 팀을 우승으로 이끌었다. 우승 후 기분이 어떠냐고 묻는 리포터의 질문에 "아이고, 자고 싶어요"라고 대답했을 정도로 정신적으로나 육체적으로 힘든 시리즈였다. 1차전은 최동원이 나와서 4대0으로 승리하며 1승을 올렸고, 2차전은 최동원이 없어서였는지 8대2로 맥없이 무너졌다. 3차전에는 다시 최동원이 나와서 3대2로 승리를 거두었고, 역시 최동원이 쉬느라 못 나온 4차전은 7대0으로 대패하였다. 그 당시의 야구 전문가들은 양 팀의 라인업은 비교가 되지 않을 만큼 삼성이 우월했다고 언급했다. 롯데가 믿는 구석이라곤 최동원 하나뿐이었다. 5차전은 최동원이 완투했지만 타선의 지원을 받지 못해 3대2로 패했다. 6차전 롯데의 선발은 임호균 투수였고 삼성의 강타선을 1점만 내주며 비교적 잘 막아내었다. 관중들도 그리고 상대 팀이었던 삼성도 최동원 투수가 전날 나왔기 때문에 못 나올 거라고 생각했지만 최동원이 모든 사람의 생각을 뒤엎고 롯데가 역전해 점수가 앞서자마자 교체 투수로 나왔다. 결국 6대1로 롯데의 승리.

마지막 남은 것은 7차전뿐이었다.

롯데를 응원하는 롯데 팬들은 모두가 최동원을 원하고 있었다. 당시 롯데 감독이었던 강병철 감독은 다른 투수들이 앞의 이닝을 잘 막아주면 마무리로 최동원을 올리는 것을 고려하겠다고 인터뷰했다. 하지만 마지막 7차전 당일 마운드에는 마무리가 아닌 선발로 최동원이 서 있었다.

승리 후 인터뷰에서 최동원 본인도 무리라고 말했지만, 외국에서는 사례를 찾아보기 어려울 만큼 무리가 아니라 불가능에 가까운 일이었다. 야구 전문 기자인 민훈기 기자가 외국에 나가 시리즈에서 7차전 중 4승을 혼자 거둔 투수가 한국에 있다고 하니까 그 말을 들은 외국 야구 관계자들이 하나같이 아무도 믿지 않을 정도로 대단한 일이었다. 7차전에 선발로 등판한 최동원은 지친 몸으로 구의가 떨어지긴 했지만, 결국 완투를 해내 6대4로 승리하며 시리즈의 우승을 일구어냈다.

그 당시 경기의 삼성 투수였던 김일융은 이렇게 회상한다. 7차전까지 가는 접전을 치르며 이미 많은 이닝을 던졌던 김일융 투수는 감독을 찾아가 자신은 더 못 던지겠다고 말하려고 갔다가 "던질 사람이 너뿐이야" 라는 말을 듣고 하는 수 없이 마운드에 올랐다고 한다. 그리고 자신보다 훨씬 많이 던진 최동원이 마운드에 올라와 있는 것을 보며 '나에게는 그처럼 체력이 남아 있으면 끝까지 간다는 정신이 없었구나'라는 생각이 들었다고 한다.

지금은 패션의 일부로 받아들여지는 안경이 예전에는 나약함의 상징이었다. 남자가 안경을 쓰면 '안경잡이'라는 놀림을 받을 정도로 연약함의 상징이었지만 최동원은 자신의 노력으로 세상 사람들의 선입견을 보기 좋게 깨뜨려버렸다. 프로야구에 진출하기 이전에도 메이저리그에 로터스 멤버로 꼽혔던 사람. 결국

군 문제로 메이저리그에 진출하지 못했지만 만약 진출했더라면 한국 선수의 메이저리그 역사의 첫장을 장식했을 선수임이 분명하다. 그 당시 이미 그는 아마추어 선수권 시절 세계 최강의 쿠바 야구팀 감독으로부터 '이미 메이저리그 투수'라는 소리를 들었다. 작은 체구로 150km가 넘는 공을 뿌리던 남자. 마운드 위에서 타자를 압도하며, 내 공을 칠 테면 쳐봐라 하는 식으로 공을 던지던 완전 연소의 승부사 투수.

　김일융보다, 김시진보다, 선동열보다 이기기 어려웠던 상대가 대장암이었을까? 한껏 수척해진 모습으로 방송에 나와 많은 사람들의 걱정을 사더니 얼마 못 가 우리의 곁을 떠났다. 쉰넷이라는 조금 이른 그의 사망 소식을 듣고 문득 이런 생각이 들었다.
천국에서 확실한 선발 투수가 필요했던 걸까?
부디 바라건대 천국에서는 아프지 않은 몸으로, 강철 어깨로 다시 한번 150km가 넘는 강속구를 뿌려주길 바란다.

실내 야구장
아는 데 없어?

때는 바야흐로 2월 중순.
너무너무 추워서 야구를 할 엄두도 못 내고 있을 때,
준상이한테서 전화가 걸려왔다.

나   어쩐 일이야?
준상   야구하고 싶어 죽겠네.
나   어쩌겠어, 이렇게 추운데.
준상   그렇지? 이렇게 추울 때 야구하는 건 무리겠지?
나   그럼, 얼어죽을 거야.

준상이는 한참 동안 생각에 잠기는 듯하다가 다시 물었다.
준상   자네 혹시 실내 야구장 아는 데 없나? 돔구장 같은 곳….

추운 겨울, 준상이의 야구 열정이 봄을 재촉하고 있다.

야 구
생 각
박 광 수

형식보다는
마음이
중요하다.

김성근

　이승엽이 일본에 진출해 처음 몇 년간 맹활약을 보이자 일본 특유의 현미경 야구가 동원되어 이승엽을 연구하기 시작했고, 결국 일본 리그에서는 용병 선수일 수밖에 없는 그에게는 상대 투수들의 위협구도 잦아들면서 슬럼프에 빠지기 시작했다. 잠깐일 것 같았던 슬럼프는 장기화 조짐이 보이기 시작했고, 이승엽은 기분 전환차 황금색으로 머리를 염색했다. 그리고 슬럼프를 빠져 나오기 위해 당시 한국에서 야인으로 지내는 김성근에게 도움을 요청했다. 흔쾌히 도움을 주기로 약속한 김성근은 일본으로 건너가 황금색으로 염색한 이승엽을 보자마자 머리를 삭발하라고 했다. 그리고 머리를 삭발하고 다시 만난 이승엽에게 말했다.

머리를 깎은 것은 중요하지 않다.

왜 깎았는지가 중요한 것이다. 거울을 보며 내가 왜 머리를 깎았는지 생각하면 투지가 불타오르기 때문이다. 그게 바로 파이팅이다. 사람들은 형식을 중요시 한다. 하지만 머리를 깎는 그 행위보다 왜 깎았는지가 중요한 것처럼 형식보다는 마음이 중요한 것이다.

　김성근 감독이 늘 입에 달고 다니는 새뮤얼 스마일스(Samuel Smiles)의 명언이 있다.

생각이 바뀌면 행동이 바뀌고,
행동이 바뀌면 습관이 바뀌고,
습관이 바뀌면 인격이 바뀌고,
인격이 바뀌면 운명이 바뀐다.

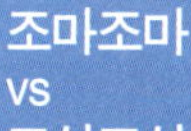

조마조마
vs
조심조심

우리는 청백전을 할 때 비교적 1군으로 분류되는 팀원들과 또 반대로 2군쯤으로
분류되는 팀원들끼리 시합을 하기도 한다.
그때 1군으로 분류되는 팀의 이름은 '조마조마'라고 그대로 칭하고,
나머지 2군으로 분류되는 팀은 '조심조심'이라고 부른다.

난 다행히 조마조마이다.

인성이가 우리보다
두 배 비싼 거 골랐어.

우리 팀은 운이 좋게도 스포츠 브랜드에서 유니폼을 협찬 받아왔다.
지금 유니폼은 연기자 종원이의 노력으로 리복이라는 브랜드에서 협찬을 받고 있지만,
예전에는 몇 년 동안이나 국내 브랜드인 프로스펙스로부터 협찬을 받았었다.
해가 지나 새로운 유니폼을 협찬 받기 위해 교섭단으로
나와 함께 연기자 유준상과 황인성이 프로스펙스를 방문했다.
이런저런 이야기를 나누다가 우리가 다른 곳에서 협찬을 받지 않고
프로스펙스에서 협찬 받는 이유는 프로스펙스가 국내 브랜드라서 그런 거라고 설명했다.
우리의 말에 감복한 담당자가 우리 셋에게 운동화를 선물할 테니 같이 1층으로 내려가서
운동화를 골라보라고 했다. 마침 운 좋게도 본사 1층에 매장이 있었다.
꽤 긴 시간을 할애해 나와 준상이 그리고 인성이도 마음에 드는 운동화를 하나씩 골랐다.
그러자 준상이가 인성이가 고른 신발을 살펴보더니
내게 와서 의미심장한 표정을 지으며 말했다.

준상 광수야, 인성이가 고른 운동화 가격이 우리 거보다 두 배 비싼걸?
나   응? 그래서?
준상 우리도 인성이 운동화 가격에 맞추려면 하나 더 골라야 하는 거 아닌가?
나   ….

결국 준상이는 운동화를 하나 더 챙겨갔다.
그리고 준상이 덕에 나도 운동화가 하나 더 생겼고.
유준상 파이팅!

LEE D.H.
25

야구에는
시프트 수비가 있다.

김성근

　왼쪽이나 오른쪽, 어느 타석으로 타자가 들어서냐에 따라서 수비수들의 위치가 조금씩 변경된다. 밀어치기에 능한 타자도 있지만 대부분 배트가 돌아가는 방향으로 공을 당겨서 치기 때문에 오른쪽 타자가 타석에 섰을 때는 약간 수비를 오른쪽으로 치우쳐서 한다. 그래서 어느 타자의 경우에는 좀처럼 볼 수 없는 기이한 형태의 수비 위치가 나타나기도 한다.

　삶의 기준은 언제나 똑같다. 그러나 스스로가 지키고자 하는 삶의 방향이 일관되어야 하는 것은 맞지만, 타자에 따라 수비수의 위치를 바꾸는 것처럼 상대에 따라 대하는 태도의 방향도 바꿀 필요가 있다. 내가 만약 중견수라면 우타자가 나오면 우측으로 수비 위치를 옮겨야 할 것이 고, 좌타자가 나오면 좌측으로 수비 위치를 옮겨야 할 것이다. 하지만 그 방식이 다 맞지는 않다. 우리 팀 투수의 공이 빠르다면, 타자가 공을 칠 때 투수의 공 스피드에 밀리는 것까지도 감안해야 하는 것이다.

　사회에서 사람들을 만날 때도 그와 비슷한 경우는 늘 존재한다. 어떤 사람에게는 우측으로 좀 이동해 그를 상대해야 할 때가 있으며, 또 반대로 좌측으로 이동해 상대해야 하는 사람도 있는 법이다. 우측으로 이동하거나 좌측으로 이동하거나 혹은 그 자리에서 있거나 가장 중요한 것은 내가 '중견수'라는 것이다. 늘 내 위치를 잊지 않고 그 자리에서 본분에 맞는 행동을 하면 되는 것이다. 내 수비 위치를 넘어설 때 자칫 잘못하다가 같은 편 수비와 부딪혀서 사고를 당하기 십상이니 말이다.

　교통 경찰은 차가 막히는 교차로에. 국회의원은 어려움을 겪는 국민들 곁에. 선생님은 교단의 교탁 앞에. 만화가는 스탠드 등이 켜져 있는 책상 앞에. 대통령은 국민들 마음속에.

야구 이야기
더 할 거 없나?

9년 전 여름. 그때 준상이는 야구 열정이 가장 불타오르던 시절이었다.
한강 고수부지에서 야구를 하고 시합도 모두 끝났지만,
몇 명은 아쉬움으로 바로 집에 들어가지 못하고 고수부지에 앉아
계속 야구 이야기를 나눴다.
CF 감독일을 하는 장오 형, 사업을 하는 장환이, 준상이, 뮤지컬 배우인 정열이, 나
그렇게 다섯 명은 그날 시합을 복기함은 물론이고 아주 오래전에 했던 시합 내용까지 복기했다.
날이 훤할 때 야구가 끝났지만, 날이 어둑어둑해지고 고수부지에 인적이 드물어질 때까지도
쉬지 않고 야구 이야기를 했다.
다섯 시간쯤 이야기를 했을까?
야구 이야기에 지칠 만도 하건만, 준상이는 이야깃거리가 떨어지자 우리를 쳐다보며 말했다.

준상 어, 야구 이야기할 거 더 없나? 난 야구 이야기하는 게 제일 좋다니까.

그때 시원한 바람이 불었다.
기분이 좋아지는 시원한 바람이.

KIA
Tigers
7

공격과 수비는
균형을 갖추고 있어야
경기에서
승리할 수 있다.

최동원

1번부터 9번까지 홈런 타자가 배치되어 있다고 무조건 승리를 확언할 수 있는 건 아니다. 또한 선동렬 같은 투수가 팀에 있어 9회까지 상대 타자들을 무실점으로 막는다고 해서 무조건 이기는 것도 아니다. 왜냐하면 1번부터 9번 타자까지 홈런을 펑펑 때려대서 점수를 많이 낸다고 해도 마찬가지로 수비가 불안하면 우리가 낸 점수만큼 상대편에게 줄 것이기 때문이다. 그리고 선동렬 같은 투수가 9회까지 무실점으로 상대 팀의 타선을 막아낸다고 해도 우리 팀의 타자들이 상대편의 투수에게 점수를 뽑아내지 못하면 역시 승부는 원점일 수밖에 없다.

그렇게 야구는 공격과 수비가 어느 한쪽으로만 치우쳐서는 절대 이길 수 없다. 이러한 야구의 원리를 우리 생활에 대입해 생각해보면, 그것은 우리의 경제관에 좋은 지표로 쓰일 수 있다. 내가 돈을 잘 번다고 해서 번 돈 이상으로 쓴다면 언제나 내 통장은 마이너스일 것이다. 반대로 돈을 잘 벌지 못해도 통장이 늘 플러스인 경우가 있다. 그것은 마치 훌륭한 작전으로 팀을 늘 승리로 이끄는 지장처럼 행동한다면 팀의 순위도, 내 통장의 사정도 달라질 수 있다는 말이다. 적게 벌면 적게 번 만큼 돈을 효율적으로 잘 써서 적으나마 통장에 돈을 쌓이게 만들 수 있다. 그것은 우리 팀 타자들이 공격으로 많은 점수를 못 뽑아도 수비진의 실력이 좋아 우리가 얻은 점수보다 더 적은 점수를 상대편에게 내주면 이길 수 있는 간단한 이치와 같다. 반대로 홈런 타자만을 믿고 수비를 방만하게 했다가는 늘 패배를 면하지 못하는 팀이 되는 것이다.

우리 팀 수비수가 약하고 대신 공격진이 강하다면, 상대방이 우리 팀에게 낼 점수까지 미리 감안해 점수를 낼 수 있을 때 최대한 노력해서 뽑아내는 것이 강팀이다. 점수를 어느 정도 냈다고 느슨하게 플레이하다가 역전을 당하면 항상

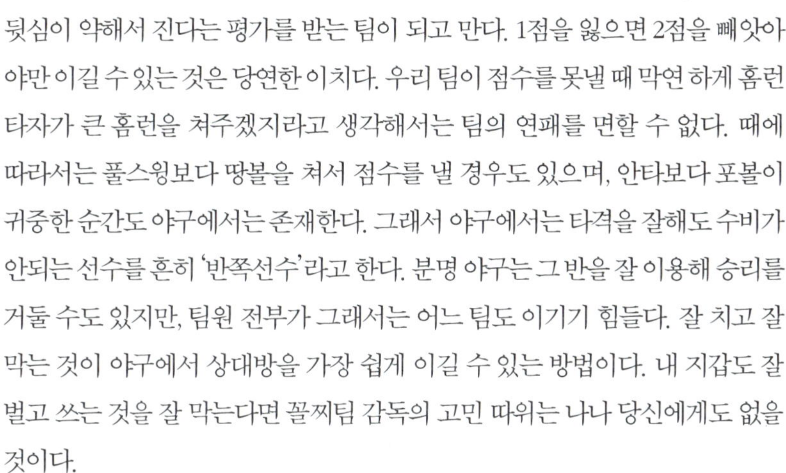

뒷심이 약해서 진다는 평가를 받는 팀이 되고 만다. 1점을 잃으면 2점을 빼앗아야만 이길 수 있는 것은 당연한 이치다. 우리 팀이 점수를 못낼 때 막연 하게 홈런 타자가 큰 홈런을 쳐주겠지라고 생각해서는 팀의 연패를 면할 수 없다. 때에 따라서는 풀스윙보다 땅볼을 쳐서 점수를 낼 경우도 있으며, 안타보다 포볼이 귀중한 순간도 야구에서는 존재한다. 그래서 야구에서는 타격을 잘해도 수비가 안되는 선수를 흔히 '반쪽선수'라고 한다. 분명 야구는 그 반을 잘 이용해 승리를 거둘 수도 있지만, 팀원 전부가 그래서는 어느 팀도 이기기 힘들다. 잘 치고 잘 막는 것이 야구에서 상대방을 가장 쉽게 이길 수 있는 방법이다. 내 지갑도 잘 벌고 쓰는 것을 잘 막는다면 꼴찌팀 감독의 고민 따위는 나나 당신에게도 없을 것이다.

야구
생각
박광수

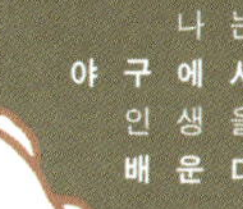

나갈 수 있겠냐고
묻지 마시고,
나가라고
말씀해주세요.

이상훈

　김성근 감독과 이상훈 투수가 한 팀에 있을 때의 일이다. 당시 이상훈 투수는 마무리 투수로 활약하고 있었는데, 팀이 연일 박빙 상태여서 마무리 투수인 이상훈이 쉴 날이 별로 없었다. 그날의 경기도 그랬다. 경기는 후반으로 향하는데 팀은 근소한 점수차로 앞서가고 있었다. 김성근 감독은 덕아웃에 앉아 있는 이상훈 투수를 힐끗 쳐다보긴 했지만, 그를 마무리로 내기가 여의치 않았다.

　이상훈은 그날까지 3게임 연속 등판으로 매우 지쳐 있는 상황이라 투수의 컨디션도 그렇고 선수 보호 차원에서도 그를 마운드에 올리기란 감독으로서도 쉽지만은 않은 상황이었기 때문이다. 그때 갑자기 덕아웃에서 경기를 지켜보던 이상훈이 글러브를 집어들고 불펜으로 몸을 향했다. 그 모습을 본 김성근이 이상훈을 불러 세웠다.

　<u>김성근</u> 어디 가?
　<u>이상훈</u> 던질 투수가 저밖에 없지 않습니까?

김성근 감독이 미안한 얼굴로 다시 물었다.

　<u>김성근</u> 나갈 수 있겠냐?
　<u>이상훈</u> 나갈 수 있겠냐고 묻지 마시고, 나가라고 말씀해주세요.
　　　　　저는 언제나 준비되어 있습니다.

　세상을 살아가면서 적재적소에만 기용되고 그렇게 함으로써 좋은 효과를 거둔다면 참 좋은 일일 것이다. 하지만 그렇게 될 수 있는 일이 세상에 얼마나 있을까? 하기 싫어도 해야 할 때가 있으며, 뻔히 지는 싸움인 걸 알면서도 나서야 하는 싸움이 있다. 하기 싫어도, 뻔히 진다 해도 피할 수 없다면 기꺼이 나서야 한다, 언제고.

왜 아웃이 아니에요?

우리는 가끔 팀끼리 청백전을 한다.
아무래도 다른 팀과 시합만 하다 보면 경기에 뛰지 못하는 팀원들이 생기기 때문에,
야구장을 섭외해서 우리끼리 원없이 시합을 한다.
팀원들이 모여 청팀과 백팀의 감독을 정하고 나머지 팀원들은
감독 둘을 기준으로 일렬로 줄을 선다.
그리고 감독으로 선출된 두 사람은 가위바위보를 하고, 그다음 풍경은 노예시장과
비슷한 광경이 펼쳐진다. 이긴 사람부터 자신의 팀원을 뽑는 것이다.
감독으로 선출된 사람은 당연하겠지만 제일 잘하는 사람부터 뽑기 마련이다.
팀원이 거의 다 뽑힐 때까지 남게 되는 사람에게는 잔인한 일이지만,
열심히 해서 다음번에는 조금 더 일찍 뽑히도록 실력을 키워야지 하는 생각이
들게끔 만드는 효과도 있다.
어찌되었건, 팀원이 많아도 한 팀을 두 편으로 가르다 보면 공격과 수비에서
완벽한 조합을 이루기는 힘들다.

그날은 평소 시합을 많이 뛰던 내가 심판을 보기로 했다.
평소 야구를 잘 못한다고 내게 구박을 받는 연기자 이종민이 청팀의 2루수로 발탁되었다.
할 때마다 느끼는 거지만, 이상하게 평소에는 못하던 팀원이 청백전을 할 때는
잘하는 경우가 많다. 그날도 그랬다.
2루를 보던 종민이가 평소와는 다르게 날렵한 동작으로 2루로 뛰어 들어오는 주자를 태그했다.
누가 봐도 아웃 타이밍. 하지만 심판을 보던 나는 심드렁한 표정을 지으며 세이프를 선언했다.
내 세이프 판정을 듣고 종민이는 글러브를 땅바닥에 내려치며
명백히 아웃이라고 항위하며 길길이 뛰었다.
종민 형, 내가 분명 주자가 들어오기 전에 먼저 태그를 했는데, 이게 왜 아웃이 아니에요?
종민이의 항의를 받은 나는 더욱더 심드렁한 표정으로 말했다.
나   종민아, 공을 가진 손으로 주자를 태그해야지, 공은 글러브로 잡고
       태그는 맨손으로 하면 어떻게 하니?
내 판정에 길길이 뛰던 종민이는 어리둥절해했고, 같은 편인 청팀의 선수들은
모두 입을 모아 종민이에게 한마디 했다.
       "야, 이게 찜뽕이니?"

대부분의 운동에 해당되겠지만, 야구도 좋은 운동신경을 타고나면 훨씬 유리하다.
하지만 좋은 운동신경 이전에 룰을 먼저 알아야 한다.
야구도, 세상 사는 일도.

백발을
휘날리며.

　야구를 아주 사랑하는 두 사람이 있었다.

젊어서는 주말이나 시간이 날 때마다 언제나 야구를 하던 두 사람이었다. 그렇게 야구를 사랑하던 두 사람이 나이가 들어가며 고민이 하나 생겼다. 그 고민은 '과연 천당에 야구가 있나?' 하는 궁금함이었다. 두 노인은 야구를 너무 사랑해서 시간만 나면 천당에 야구가 있나 없나를 가지고 갑론을박하던 끝에 묘안을 생각해냈다. 그 묘안이라는 것은 더 나이가 들어 한 사람이 먼저 세상을 떠날 경우 먼저 저세상에 간 사람이 지상에 홀로 남은 이의 꿈에 나타나 천당에 야구가 있는지 없는지를 알려주자는 것이었다. 그렇게 굳은 약속을 한 후 시간이 흘러 한 친구가 세상을 먼저 뜨게 되었다. 홀로 남은 친구는 가장 친한 친구를 잃었다는 상실감에 시름에 잠겼다. 언제나 즐겁게 하던 야구도 내팽개치고 집에 있기 일쑤에, 점점 말수도 줄어들며 우울이 깊어가던 어느 날이었다. 햇살 좋은 어느 일요일 오후, 의자에 앉아 있다 깜박 잠이 든 그는 꿈을 꾸게 되었다. 너무 그리워하면 꿈에서라도 만나게 된다는 유행가 가사처럼 먼저 세상을 뜬 친구가 꿈에 나타난 것이다.

<u>지상 노인</u>　나한테 자네가 어쩐 일인가? 잘 지내는가?

<u>천국 노인</u>　난 아주 잘 지내고 있다네.

<u>지상 노인</u>　잘 지내고 있다니 다행일세. 그건 그렇고 천당에는 야구가 있는가?

<u>천국 노인</u>　오늘 내가 자네한테 온 것도 그 때문일세.

　　　　　　자네에게 기쁜 소식 두 가지를 알려주려고 왔다네.

<u>지상 노인</u>　기쁜 소식? 천당에도 야구가 있구먼. 근데 두 가지라고?

<u>천국 노인</u>　첫 번째 기쁜 소식은 우리가 바라던 대로 천당에는 야구가 있다네.

<u>지상 노인</u>　(매우 기뻐하며)그런가? 정말 다행이군. 근데 두 번째 기쁜 소식은

　　뭔가?

　　<u>천국 노인</u> 이번 주말 선발 투수가 자넬세.

　　<u>지상 노인</u> ….

　　내 생애 첫 번째 사회인 야구팀은 '다졌어'였고, 두 번째는 '재미삼아'였다. 그리고 지금 활동하고 있는 '조마조마'까지 세 팀을 친한 동료들과 함께 만들었으니, 야구인으로서 야구붐에 일조했다고 자부하는 바이다. 또한 여러 번에 걸쳐 팀을 창단하게 된 까닭은 나의 성격적인 결함도 한몫했겠지만, 스스로는 이상적인 팀을 만들기 위한 노력의 일환이었다고 자위하기도 한다. 야구에 대한 사랑은 잠시 시들해지기도 했다가, 때론 그 누구보다 열정적이기도 했다. 사는 내내 열정은 그래프를 그리며 오르락내리락을 반복하지만, 야구에 대한 나의 사랑은 기본적으로 일반인의 그것을 훨씬 상회한다고 자신 있게 말할 수 있다.

　　그렇게 야구를 시작한 지 벌써 16년이 지났다. 시간이 지나면 자연히 나이가 드는 것은 자명한 일인데, 중요한 것은 팀의 평균 연령이 높아진다는 것이다. 팀 평균 나이 40.7세. 나이가 드니 야구를 하는 데 있어 요령과 완숙미는 더해가지만 근력이 떨어지기 때문에 어쩔 수 없이 팀의 홈런 수는 점점 줄어만 갔다. 그래서 우리는 새로운 젊은 피를 보충하기로 했고, 다각적인 채널을 동원하여 20대의 싱싱한 젊은 피를 수혈했다. 우리는 그들이 뿌리내릴 수 있도록 노력을 기울였지만, 나이 차이가 많아서 그런지 우리의 노력에도 불구하고 그들은 끝끝내 팀을 떠나버리고 말았다.

　　결국 현재 우리 팀의 막내는 서른일곱 살이다. 아니, 해가 바뀌었으니 서른여덟 살이다. 웬만한 다른 팀에서는 서른일곱 살이면 맏형이거나 중고참 정도일 텐데 말이다. 그러니 서른여덟 살 먹은 두 아이의 아빠가 마흔 넘은 고참들의 물

심부름부터 담배 심부름까지 온갖 잡일을 툴툴거리면서도 나이에 밀려 도맡아 하고 있다.

그러던 중 우리는 '노노스'라는 팀과 경기를 하게 되었다. 우리는 경기 전에 상대팀 이름을 듣고 "팀 이름이 노노스야? 뭐든지 노노라고 하는 부정적인 팀이야?"라고 말했다. 하지만 알고 보니 노노스의 '노'는 '늙을 노(老)'자를 두 번 반복해서 쓰는 팀 이름이었고, 대학교수를 비롯해 지긋한 나이의 어르신들이 야구를 즐기는 팀이었다. 경기가 시작되니 머리가 완전 백발이신, 동네에서 만났더라면 할아버지라고 불렀을 만한 연세의 분이 투수로 나와서 공을 던지는 것이었다. 나이 드신 할아버지라고 공이 느린 것도 아니고 웬만한 젊은 친구들 공보다 빨라 보였다. 우리는 놀라서 나이를 여쭤보았다. 57세. 나이를 들은 우리는 경악했고, 그런 우리를 보고 백발의 투수가 말했다.

"뭘 놀래? 1루수 보시는 형님은 올해 64세셔."

우리는 다들 기립박수를 쳤다. 정말 고개 숙여 그분들의 열정에 경의를 표하는 순간이었다. 다들 눈빛을 반짝이며 우리도 열심히 그리고 건강한 몸으로 저 팀처럼 백발을 휘날리며 야구를 하자고 다짐하는 순간, 한 명만이 울상을 짓고 있었다. 우리 팀 막내인 서른여덟 살 팀원이었다. 다들 의아해서 이렇게 멋진 순간에 넌 왜 울상이냐고 묻자 그가 대답했다.

"형, 이대로 내 밑으로 팀원이 안 들어오면, 형들은 저분들처럼 멋지게 백발을 휘날리며 야구하겠지만 난 백발을 휘날리며 물 심부름과 담배 심부름을 해야 할 것 아니에요."

서른여덟 살 막내의 말에 우리는 한바탕 크게 웃었다.

우리의 꿈은 건강한 몸으로 백발을 휘날리며 야구를 하는 것이다.

그리고 더 나아가 그 꿈을 자연스럽게 우리의 자식들이 이어받는 것이다. 강요는 하지 않겠지만 대를 이은 야구 사랑, 이야기만 들어도 가슴 떨리지 않는가?
살면서 가슴 떨리는 순간을 만나는 것만큼 멋진 일이 있을까.

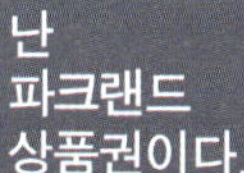

난
파크랜드
상품권이다.

'조마조마'는 전통적으로 연말이면 자신이 아끼거나 혹은 자신에게는 필요없지만
타인에게는 유용할 만한 물건을 기증 받는다.
그렇게 기증 받은 물건을 모으고 지인들을 초대해서 경매를 한다.
짓궂은 사람은 자신이 오랫동안 모은 야동테이프를 기증하여 비싼 값에 팔기도 하고,
또 어떤 사람은 돌잔치에서 받은 돌떡을 기증해서 아주 비싼 값에 파는
기이한 일도 벌어진다.
그런 기이한 일이 벌어질 수 있는 이유는 그렇게 모은 돈이
조마조마의 이름으로 어려운 이웃들에게 쓰이기 때문이다.
그래서 다들 자신의 돈을 지출하면서도 기쁜 마음으로 흔쾌히 그렇게 하는 것이다.
당시 감독이었던 나는 기증 받을 물건들을 미리 체크하는 일을 맡았다.
가수 김형중은 자신이 아끼던 점퍼를 내놓기로 했고,
연기자 이종원은 누군가에게 선물 받은 삼성의 포수 진갑용의 글러브를 내놓기도 했다.
난 당시 구단주였던 연기자 박상원 형에게 전화를 했다.

나　　　　형, 형은 올해 어떤 물건을 내놓으실 거예요?
상원 형　　나? 난 파크랜드 상품권이다.

당시 상원 형은 파크랜드 모델이었다.
그렇게 모인 꽤 많은 돈으로 아이들의 선물을 넉넉히 샀고,
플라자호텔에서는 우리의 취지가 좋다며 자신들이 준비한 선물과
아이들을 초대해서 같이 놀 수 있는 호텔 공간을 무상으로 대여해주었다.
조마조마는 행사 당일 고아원 아이들을 모아놓고,
가수인 형중이는 아이들을 위해 노래를 부르고,
개그맨인 현섭이와 혁필이는 개그 공연을 했다.
다들 자신의 물건과 재능을 기부해서 만든 하루였고,
아이들이 행복해 하는 만큼 조마조마 팀원인 우리도 행복한 하루였다.

야구는 즐거워

가장 훌륭한
마지막을 위해서
처음의 출발이
가장 중요한 법이다.

최동원

나는 야구에서 인생을 배운다

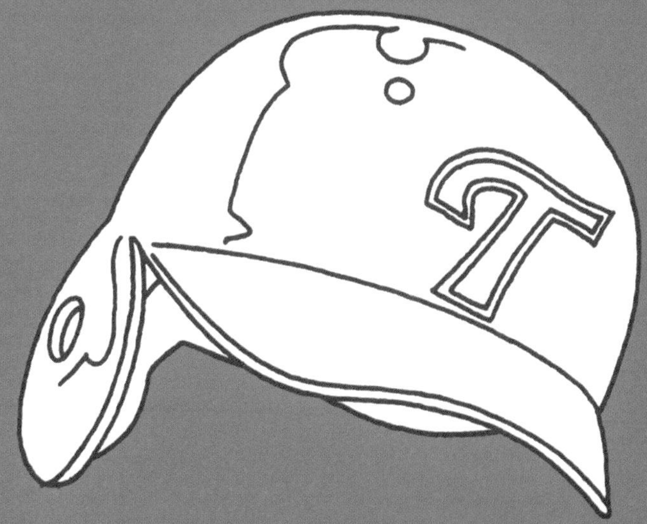

운동을 하는 사람들이 공통적으로 하는 말이 있다. "폼이 중요하다"

폼이 제대로 돼야 투수는 공을 잘 던질 수 있고, 폼이 제대로 돼야 타자는 투수의 공을 잘 칠 수 있다는 말이다. 물론 예외도 있다. 교본과는 거리가 있지만 수많은 노력 끝에 자신만의 폼을 만들어 훌륭한 선수가 되기도 하지만, 그건 아주 특별한 몇몇의 사람에게만 해당 되는 이야기다.

내가 속한 야구팀은 무지개처럼 다양한 색깔의 팀원들이 있다. 야구를 아주 잘하는 친구도 있고, 이제 막 야구를 배우기 시작한 초보도 있다. TV를 통해 간간이 프로야구만 보며 평소엔 공도 잡아보지 못했던 사람이 사회인 야구를 만만히 보고 멋모르고 뛰어들었다가는 큰 낭패감을 맛보는 경우도 허다하다. 야구는 경기를 치르는 룰도 어렵지만, 실제 몸으로 부딪치며 경기를 치르기란 어린 시절 골목길에서 하던 소위 '찜뽕'과는 많이 다르기 때문이다. 그래서 처음에 야구를 만만히 보고 의기양양하게 야구팀에 들어온 많은 사람이 며칠 지나지 않아 전과 다르게 풀이 죽어 있는 모습을 많이 보게 된다.

그건 비단 야구뿐만이 아닐 것이다. 세상의 어떤 운동도 처음부터 잘한다는 것은 있을 수 없다. 오랜 시간 반복적인 훈련을 하고, 머리로 이해하고 몸이 기억하게 만들어야 비로소 누군가로부터 잘한다는 이야기를 조금 듣게 되는 것이다. 그러다 보니 몇 달 혹은 몇 년 먼저 야구팀에 들어온 사람들에게 새로 들어온 신입부원은 신나는 먹잇감이 되기 마련이다. 이렇게 해라, 저렇게 해라, 자신도 잘 못하면서 훈수는 참으로 잘한다. 그럴 때마다 나는 신입 회원에게 당부하듯이 말한다. "쟤, 그리고 쟤, 그리고 또 쟤, 쟤들한테는 배우면 안 된다. 모든 것은 처음이 가장 중요해."

처음에 잘못 배운 폼은, 아무것도 모르고 시작한 사람보다 새로 시작하기가 더 어렵다. 일, 사랑… 세상의 대부분의 일들이 그렇다.

그래서 처음은 완성보다 중요한 단계다.

형,
저 이제 100번으로 바꿔야 해요.

내 등번호는 69번이다.

69번으로 정한 이유는 내가 태어난 연도이기 때문이다.

팀원들 배부분 자신의 등번호에 사연이 있기 마련이다.

지금은 다른 팀에서 뛰지만, 경찰이었던 한 팀원은 내 추천으로 112번을 달았다.

세밀한 야구를 하겠다는 문세 형은 0.5번을 달았고, 학교 다닐 때

67명 중 67등을 했다는 장환이는 67번이다.

그리고 개그맨 출신 연기자인 위양호 군은 등번호가 98번이다.

양호가 98번을 단 이유는 자신의 몸무게가 98킬로그램이라서란다.

그러던 어느 날 양호가 내게 다가와 말했다.

양호 형, 저 등번호를 100번으로 바꿔야 할 것 같아요.

양호의 번호가 자꾸만 바뀌고 있다.

세상의 어떤 운동이든
처음부터 잘한다는 건 있을 수 없다.
오랜 시간 반복적인 훈련을 하고,
머리로 이해하고,
몸이 기억하게 만들어야비로소
누군가로부터 잘한다는 소리를
조금 듣게 된다.

야구는
기회를 잡는 것도
중요하지만,
기회를 내주지
않는 것이
더 중요하다.

조범현

나는
야구에서
인생을
배운다

사람은 운동이든 일이든 일련의 과정을 겪다가 단 한 번에 '훅!' 하고 치고
올라가는 경우가 있다. 그건 그림도 마찬가지인데, 화실에서 강사를 하면서도
그런 경우를 많이 보아왔다. 그림이 지지리도 안 늘던 학생이 어느 날 뭔가를
깨닫고는 그림이 한순간 두세 단계가 느는 것을 여러 번 목격했으니 말이다.

노래도 마찬가지다. 늘 음치로 불리던 친구가 노래를 잘하는 누군가에게
몇 가지 요령과 방법을 듣고 나서 갑자기 우리보다 노래를 잘하게 되는 것도
봤고, 야구팀에서 번번이 삼진만 당하던 친구가 어느 날 홈런을 치며 손맛을 본
다음부터 여실히 달라지는 것을 직접 보고 느껴왔다.

예전에 변진섭이란 가수가 나왔을 때 거의 모든 사람이 열광했다. 한 앨범에서
한 곡이 히트하기도 쉽지 않은데, 그의 앨범은 한두 곡 빼고는 거의 대부분의
노래가 히트하는 기이한 현상까지 벌어질 정도였다. 그리고 그때 나는 어떠한
노래라도 변진섭이란 가수가 부르면 히트를 칠 거란 믿음까지 생겨났다.
하지만 돌이켜보면 그러했던 가수는 변진섭뿐만이 아니었다. 아주 멀리까지
올라가지 않아도 조용필도 그랬고, 전영록, 이승철, 윤수일, 박남정, 김건모,
신승훈 등등이 그랬다. 그중에서는 지금도 열심히 활동하는 가수들도 분명
있지만, 예전만큼의 찬란함은 사라졌다. 대부분의 장르에서 가장 찬란한 시절이
있기 마련이다. 그리고 가장 중요한 것은 누구나 서서히 그 빛을 잃어가지만
누구는 섬광처럼 아주 짧게 빛을 발하다 사라지고 또 누구는 그 빛을 오랫동안
간직한다는 점이다. 그 빛을 내 안에 가두고 오래 간직하는 방법은 끊임없는
노력일 것이다. 이 정도면 되겠지 하는 나태한 생각이 나를 지배할 때 내 뒤에서
줄을 서서 기다리던 사람들이 앞으로 치고 나오기 마련이다.

세계적인 성악가 루치아노 파바로티(Luciani Pavarotti)도 런던의 코벤트

가든에서 주세페 디 스테파노(Giuseppe Di Stefano)의 대타로 공연에 나서서
그 공연을 성공적으로 마치고 일약 스타로 떠오른 케이스다. 물론 기회가 주어
진다고 누구나 성공하고 스타가 되진 않는다. 언제 올지 모르는 기회를 대비해
언제나 열심히 준비해야 함은 물론이다. 파바로티가 열두 살 소년이었을 때,
베니아미노 질리(Beniamino Gigli)가 공연을 하기 위해 그의 마을에 오자 그는
연습장으로 가서 질리를 만났다. 당시 50대인 질리가 멋지게 노래를 부르는
모습에 매료된 파바로티는 한 시간 넘게 넋을 잃고 들었다. 노래가 끝나자 파바
로티는 질리에게 자신도 어른이 되면 테너 가수가 되겠노라고 말했다. 그러자
질리는 파바로티의 머리를 쓰다듬어주며 말했다.

"좋아, 멋지구나. 하지만 열심히 해야 한다. 알겠지?"

그러자 파바로티가 물었다.

"아저씨는 몇 년 동안이나 성악을 공부하셨어요?"

질리는 파바로티의 질문에 웃으며 대답했다.

"너는 지금 내가 공부하는 것을 들은 거란다. 오늘 해야 하는 공부를 지금 마쳤
단다. 난 항상 공부하고 있단다. 지금도 말이야."

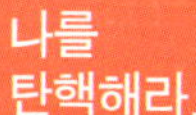

나를
탄핵해라.

광장동 사거리에서 워커힐을 지나 구리 쪽으로 가다 보면 LG 트윈스 전용 야구장이 있다.
그곳은 시설이 좋기로도 유명하지만, 일반인에게 잘 개방하지 않는 것으로도 유명한다.
그곳을 조마조마가 사용할 수 있는 기회가 아주 오래전 생길 뻔했던 적이 있다.
시간을 거슬러 올라가 때는 8년 전쯤, 당시 조마조마의 구단주는 연기자 박상원 형이었다.
팀의 좌장이자 구단주인 상원 형으로부터 전화가 걸려왔다.
그의 목소리는 평소와 달리 매우 들떠 있었다.

<u>상원 형</u> 광수야, 기뻐해라.
나   예? 왜요?
<u>상원 형</u> 형이 구단주로 LG 트윈스 구단주인 어윤태 씨를 만났다.
나   그런데요?
<u>상원 형</u> '조마조마'가 LG 트윈스 전용구장을 사용할 수 있도록 허락을 득했다.
나   우왕~ 정말로요?
<u>상원 형</u> 그럼, 형이 누구냐? 조마조마의 구단주 아니냐!
나   형, 진짜 진짜 수고하셨어요. 상원 형 킹왕짱!!

그로부터 몇 달을 기다렸지만 '조마조마'가 LG 트윈스 전용구장을 사용할 수 있는 날은 없었다.
그래서 내가 대표로 형에게 어떻게 된 거냐고 물어봤다.

나   형, LG 트윈스 전용구장 사용건 어떻게 된 거예요?
<u>상원 형</u> 음…, 그게 말이다, 요즘은 시즌 중이라 평일은 가끔 사용이 가능하지만 주말은 안 된다더라.
나   네? 우리는 주말에만 야구를 하잖아요?
<u>상원 형</u> 그러게 말이다. 광수야, 구단주로서 면목이 없다. 나를 탄핵해라.

지금 상원 형은 조마조마 고문이다.
물론 그 일로 구단주 자리에서 탄핵을 당한 것은 아니다.

평소 생활이
자유롭지 않을 만큼
연습을 하면
운동장에서는
그만큼이 더 자유로워진다.

박광수

　사회인 야구에서 새로운 선수를 뽑을 때 가장 곤혹스러운 일은 새로 뽑은 선수의 야구 실력이 발전 가능성이 보일 때다. 감독 입장에서는 팀의 성적을 위해 실력이 출중한 사람을 뽑고 싶은 것이 당연하지만, 모든 것이 바람대로 이루어지지 않은 것이 세상일이다. 신입 회원으로 선발되는 사람은 기존 우리 팀 선수의 지인인 경우가 대부분인데, 기존 단원의 강력한 추천이나 혹은 본인 스스로의 강력한 희망을 통해 입단이 전격적으로 이루어진다.

　추천으로 들어왔든지 본인 스스로 들어왔든지 간에 새로 입단하는 사람들은 공통점이 하나 있는데, 그것은 운동장에 나오기 전까지는 자신의 야구 실력이 선수급이라고 입을 모으는 데 있다. 지금이야 오랜 시간 동안 사회인 야구를 하며 산전수전 공중전까지 겪어서 그런 그들의 말을 잘 믿지 않지만, 야구팀을 만든 초창기에는 그런 구라에 혹하는 경우가 많았다. 간혹 구라가 아니라 진짜 선수급의 실력으로 탄성이 터져나오게 만드는 친구들이 있는 것도 사실이다. 하지만 테스트를 받으러 온 대부분의 사람이 캐치볼을 할 때 공이 무서워 엉덩이를 뒤로 빼고 엉거주춤하게 공을 받거나 글러브로 받아야 하는 공을 이마로 받는 경우도 허다하다. 그런 경우 팀의 미래를 위해 입단시키지 않는 것이 맞지만 우리는 직업으로 하는 야구단이 아니기 때문에 가슴이 아프고 썩 내키지는 않지만 받아주는 경우가 대부분이다. 받아주는 대신 실력이 좋아질 때까지 열심히 배우고 익히겠다는 다짐을 받는다. 대개의 사람들이 처음 몇 달간은 약속처럼 열심히 배우고 실력을 향상시키기 위해 노력한다.
내가 세상의 진리라고 믿는 것 중 하나는 꾸준히 하면 세상의 모든 일들은 노력한 만큼 실력이 향상된다는 것이다. 아무리 해도 늘지 않는다는 말은 내가 믿는 진리로는 절대로 이해되지 않는 말이다. 아무리 해도 늘지 않는다는 사람은 결국 그 '아무리'가 부족한 것이다. 세상은 모두에게 공평하지 않다. 누군가는 한 시간의 노력으로 100이라는 목표치를 달성할 수 있고, 누군가는 두 시간을 노력해야 100이라는 목표치를 달성할 수 있다. 또 때로는 한달을 해야 100이라는 목표치에 도달하는 경우도 있다. 결국 시간이 얼마나 걸리느냐의 차이지 거의 모든 것은 꾸준한 노력으로 목표치에 도달할 수 있다.

사회인 야구는 연습할 수 있는 시간이 턱없이 모자라다. 경기장이 부족한 만큼, 연습을 할 수 있는 공간은 더욱더 제한적일 수밖에 없다. 우리가 연습할 수 있는 시간의 대부분은 경기를 시작하기 한 시간 전에 미리 와서 몸을 푸는 것이 고작이다. 한 시간 동안 몸을 풀면서 평소에 뒤처진 선수들의 폼을 교정해주는 정도가 우리가 할 수 있는 연습량의 전부라고 해도 무방하다. 재미있는 것은 실력이 부족한 선수가 시합 전에 일찍 와서 먼저 몸풀고 이것저것 배우기 위해 노력해야 한다고 나는 생각하는데, 실제로는 실력이 부족한 선수가 실력이 좋은 다른 선수들보다 늦게 오는 경우가 대부분이다. 그런 친구들을 신기하게 바라보던 어느 날 "야, 넌 실력도 부족한 녀석이 늦게 와서 뭘 배우려고 이렇게 매번 늦게 오냐?"라고 물었다. 내 질문에 녀석이 심드렁한 표정을 지으며 대답했다. "빨리 오면 뭘 해요? 제 실력으로는 어차피 주전으로 뛰지도 못할 건데요." 라고.

그의 대답을 들은 나는 기가 막히고 코가 막혔다. 하지만 난 녀석에게 아무 말도 하지 않았다. 난 평소 그렇게 대답한 녀석에게 연습을 많이 해서 기회가 올 때 멋진 모습을 보여주면 단번에 주전 자리를 꿰찰 수 있다고 몇 번이나 이야기 했기 때문이다. 프로야구팀이나 사회인 야구팀이나 후보를 하는 사람들에게는 늘 공통적인 불만이 있다. 그 불만의 대표적인 경우가 '자신에게 기회를 안 준다는 것'이다. 하지만 돌이켜 곰곰이 생각해보면 거의 모든 사람에게 한 번 이상의 기회는 주어졌을 것이다. 그 기회를 한 번에 잡은 선수도 있고, 몇 번 만에 잡은 선수도 있을 것이다.

또 기회가 왔다 지나갔음조차 모르는 선수도 있을 것이다.
그런 사람이 늘 벤치를 지키는 것이다.

재능도 없이 노력도 안 하는 자.

하나,
둘,
셋 하면
같이 내려놓자.

그래서는 안되는 일이지만, 사회인 야구도 아주 가끔 프로야구처럼
'벤치 클리어링'을 할 때가 있다. 벤치클리어링이란 시합 도중 상대편과 시비가 붙으면
덕아웃에 앉아 있던 선수들이 모두 몰려나가 같이 싸워주는 일이다.
프로야구는 규정으로 정해져 있지 않지만, 벤치 클리어링이 일어난 경우
덕아웃에서 나가지 않고 구경만 하고 있다가는 벌금을 물게 된다.
결국 같이 나가서 싸우는 것도 팀워크라고 생각하는 것이다.
그날은 상대편에서 우리 편 선수에게 과도하게 야유를 했고,
그것이 빌미가 되어 결국 벤치 클리어링 상태가 일어났다.
덕아웃에 앉아 있던 장환이가 야구 방망이를 들고 뛰쳐갔다.
장환이는 호기롭게 뛰어 나왔지만, 마침 장환이와 마주 선 상대 팀원도
야구 방망이를 들고 뛰어나온 상태였다.
장환이와 상대 팀 선수 둘 다 땀을 삐질 흘리며 말했다.
"우리 하나, 둘, 셋 하고 같이 내려놓읍시다."

야구 방망이는 언제나 공을 치는 데만 사용되어야 한다.

나는 야구 실력은 없다.
하지만 연습을 싫어하지 않는다.
고쿠보 히로키

동기가
뜬다는 게
이런 기분이구나.

작년에 나와 동갑내기 친구인 광재와 두 살 어린 성호가 비슷한 시기에 입단했다.
둘은 입단 동기라며 서로 친하게 지냈다.
더 중요한 것은 동기이면서 실력도 비슷하다는 것이었다.
언제나 같이 벤치를 지켜던 두 사람 중 광재가 타격에 재능을 발휘하며 출전 횟수가 늘어났다.
그러자 벤치에서 광재의 활약을 지켜보던 성호가 말했다.

성호 동기가 뜬다는 게 이런 기분이구나. 기분 드럽네.

영원히 함께일 거라는 광재의 약속….
믿었니?

야 구
생 각
박 광 수

I LEARN
MY LIFE

FROM BASEBALL.

나는 야구에서 인생을 배운다

28.98

right

8.79

foul line

1

나는 1969년 10월 경기도 운천에 있는 산정호수 근처에서 태어났다. 이것은 후일 들은 이야기고, 내 기억은 서울 도봉구 번동 448-6부터다. 내가 태어나고 가족이 전부 서울로 이사했기 때문에 어렸던 나의 기억의 시작은 번동에서부터다. 당시 우리 집은 동네에서 꽤 유복한 편이었고, 어린 시절에는 번동이 대한민국의 번화가인 줄 알고 살았던 나는 우리 집이 대한민국에서 몇 안되는 부자인 줄로만 알았다. 그리고 내 생각과 달리 그곳이 대한민국 서울의 중심지가 아니라는 것을 안 건 그 후로 많은 시간이 흘러서이다.

번동 근처에는 야구 명문 고등학교인 신일고등학교가 있었고, 신일고 뒤에 있는 야산을 그 동네에 사는 우리는 빡빡산이라고 불렀다. 그 산은 나무가 별로 없었고, 산 밑으로 조그만 개천이 흐르고 있었는데 어린 시절 동네를 소독하기 위한 방역차가 나타나 하얀 연기를 뿜으며 동네를 달릴 때면 우리는 그 뒤를 쫓다 심심찮게 개천으로 떨어지기도 했다.

국민학교 3학년 즈음인가 개천을 복개하고 도로가 났다. 지금 그 도로는 꽤 많은 교통량이 있어 도로의 역할을 잘 수행하고 있지만, 당시에는 하루 동안 지나가는 차가 스무 대 미만이어서 다들 왜 이곳을 복개하고 도로를 만들었는지 의문을 가질 정도였다. 스무 대 미만이 지나다니는 도로는 당시 우리에게는 도로가 아니고 갑자기 생긴 넓은 운동장이었다. 그곳에서 축구를 좋아하는 아이들은 축구를 하고, 야구를 좋아하는 아이들은 야구를 했다. 물론 난 후자였다. 수업을 끝마치고 돌아오면 책가방을 집 안에 던져놓고 야구를 하기 위해 번개처럼 도로로 뛰어나갔다.

야구를 할 때 가장 큰 입김을 가진 친구는 야구를 가장 잘하는 친구가 아니었다. 글러브가 귀한 시절인지라 야구 배트에다 마치 닭 꼬치구이처럼 야구 글러브를 줄줄 꿰고 있는 아이가 대장이었다. 글러브와 배트를 가진 아이는 피부가 백옥처럼 하얀 친구였는데, 그 녀석의 집은 어른들이 두 편으로 나눠 축구 시합을 해도 될 정도로 큰 정원이 있는 진짜 부잣집이였다. 평소 학교에서는 힘 센 아이들에게 괴롭힘을 당하는 편이었지만 야구를 할 때만큼은 우리 모두에게 최고의

나는 야구에서 인생을 배운다

나는 야구에서 인생을 배운다

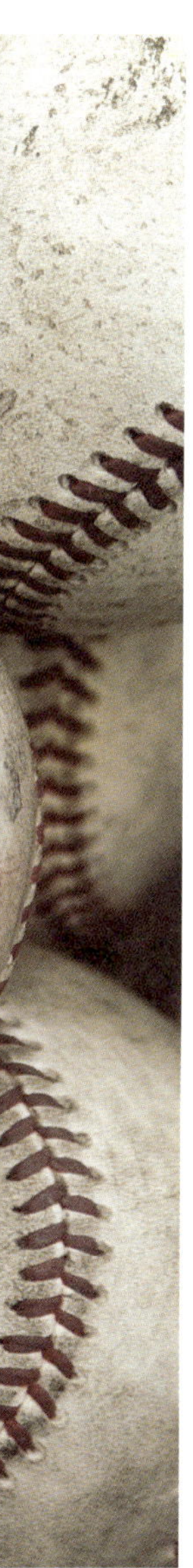

권력으로 군림했다.

그 친구를 중심으로 야구를 하고 싶어하는 아이들이 둘러서 줄을 섰고, 그다음의 모습은 마치 노예시장을 방불케 했다. 모두 그 친구의 간택만을 기다리는 간절한 눈빛으로 서 있었고 평소 그 친구를 괴롭히던 친구들은 어김없이 우리의 야구 게임에서 제외되곤 했었다. 다행히 그 친구와 평소 친분이 돈독했던 나는 다소 등락의 폭은 있었지만, 평균적으로 다섯 번째 안에 드는 높은 지명 순위로 거의 매번 야구를 할 수 있었다. 반면 그 친구를 괴롭히던 친구들은 담벼락에 붙어서 혹시 결원이 생겨 자신을 끼워주지 않을까 하는 희망을 가지고 우리가 야구하는 모습을 처량하게 바라봐야만 했다.

지금 사회인 야구를 하면서는 일명 '홍키공'인 프로야구와 동일한 공을 쓰지만, 어린 시절 우리는 고무공인 연식공으로 야구를 했다. 어린 우리에게 야구를 하기에 충분히 넓은 도로였지만, 공은 늘 우리가 예상하지 못한 곳으로 튀었고, 재수없는 날에는 그 튄 공이 마음씨 고약한 할아버지의 집 담 너머로 넘어가서 다시 찾기까지 엄청난 교섭을 요하곤 했다. 그때 교섭자로 결정되어 초인종을 누르게 되는 아이는 동네 유지의 아들이거나, 담대한 마음을 지닌 어느 반의 반장쯤 되는 아이였는데, 교섭이 잘 이루어져 공을 쉽게 찾아오는 경우도 있었지만 고약한 집주인을 만나면 공을 못 찾아 결국 경기가 종료되는 경우도 있었다. 더 심한 경우에는 문이 열리자마자 연탄집게를 든 할아버지가 쫓아와서 할아버지를 피해 동네 골목을 열심히 달려야 하는 경우도 있었다. 가장 불운한 날은 어떤 집의 유리창을 깬 날로, 바로 야구가 중단되는 것은 물론이고 유리창을 누가 깼느냐로 시시비비를 가리다 결국 어느 집 아이의 부모님이 깨진 유리창값을 물어주고, 다시는 그런 일이 없게 하겠다고 손이 발이 되도록 빌고 나서 집으로 잡혀가 부모님께 빗자루로 얻어맞는 일도 비일비재했다.

그때는 프로야구도 없었고, 선수로 성공해서 큰돈을 벌겠다는 꿈도 없이 그저 야구가 좋아서 하얀 공을 쫓았다. 그 시절이 내가 야구를 처음으로 시작하던 즈음이었다.

가장 순백의 마음으로 그 하얀 공을 쫓던 그립고 그리운 그 시절.

야구를 좋아하는 내가 학교에서 정식으로 야구를 할 수 있는 기회가 생겼다. 난 당시 수유국민학교 (내가 학교 다닐 때에는 초등학교란 말이 없었다)를 다녔는데, 야구부가 없던 우리 학교에 야구 부가 생긴다는 기쁘고 기쁜 소식이 전해졌다. 처음에는 누군가의 거짓말로 여겼지만 그 거짓말 같은 소문은 소문으로 그치지 않고 얼마 지나지 않아 학교에 진짜로 야구부가 생겼다. 그때 난 생각했다. 역시 신은 야구 천재인 나를 이렇게 동네 야구나 하게 내버려두지 않는구나라고. 그날 로 나는 야구부에 찾아가 입부 원서를 냈다. 무섭게 생긴 야구부 감독님은 날 쳐다보며 몇 학년 이냐고 물었고, 6학년이란 내 대답을 듣고는 6학년은 뽑지 않는다며 날 돌려보냈다. 감독님의 얼굴이 무서워서 더 졸라보지도 못하고 난 발길을 돌려야만 했다. 그때 내 학년이 두 학년만 아래 였어도, 혹은 몇 해 전에만 야구부가 생겼어도 매우 긍정적인 나의 사고 방식으로 미루어 짐작 하면 난 프로야구 선수가 되었을지도 모른다.

후일 내가 나온 초등학교는 심정수란 유명 프로야구 선수를 배출하기도 했기 때문에 그때 야구를 못한 것이 아쉽고 아쉬웠다. 첫 번째 야구와의 인연은 그렇게 허망하게 막을 내렸다. 하지만 내겐 한 번의 기회가 더 남았다고 생각했다. 그렇게 생각한 이유는, 앞서 말한 대로 우리 집은 번동이 었고 우리 동네에 사는 동네 형들이 대부분 야구부가 있는 신일중학교로 진학했기 때문이다. 사남 중에 막내로 태어난 나는 신일중학교로 진학하면 야구부에 들어가 야구 선수가 되고 싶다고 일찌감치 내 꿈을 엄마에게 밝혔고, 아들 네 명 중 하나쯤은 운동을 해도 괜찮을 것 같다며 엄마는 야구를 하는 것을 허락했다. 하지만 그건 결과적으로 김칫국부터 마신 꼴이 되었다. 동네에 사는 대부분의 동년배 친구들은 내 바람처럼 신일중학교로 진학했지만, 신은 내 편이 아닌지 나만 딸랑 수유중학교로 배속 받았다.

그 때까지 늘 나와 함께이던 야구는 점점 더 내게서 멀어져갔다.

나는 야구에서 인생을 배운다

단국대학교 시각디자인과에 들어간 나는 학과 체육대회가 열릴 때마다 입에 거품을 물어야만 했다. 체육대회 종목으로 야구를 넣어야 한다고. 하지만 대학 선후배와 동기들은 야구보다는 축구를 더 선호했고, 거품을 무는 내게 야구를 하려면 장비도 필요하고 운동장도 마땅치 않다고 말했다. 그도 그럴 것이 대학 교정에는 누군가 축구를 하거나 말거나 축구 골대는 있지만 야구를 할 수 있는 시설은 눈을 씻고 찾아봐도 없었다. 후일 졸업생이 되어서 동문 체육대회가 열릴 때면 후배들을 반협박 비슷하게 해서 야구 종목을 끼워넣었지만 재학 당시에는 눈물을 머금고 축구를 해야만 했다.

그때 나는 좌절과 함께 이런 생각이 들었다. 내 야구 인생은 국민학교 시절로 막을 내렸구나. 이제 야구를 너무너무 사랑하는 내가 야구를 즐길 수 있는 방법은 TV로 야구를 시청하거나 프로야구 경기장을 찾아가 치맥(치킨과 맥주)과 함께하는, 플레이어로서가 아닌 구경꾼밖에는 할 수 없겠구나란 암울한 생각 말이다. 그때의 기분이란 가수왕 조용필의 '큐' 라는 노래를 떠올리기에 충분했다. "너를 용서 않으니, 내가 괴로워 안되겠다. 나의 용서는 너를 잊는 것. 너는 나의 인생을 쥐고 있다 놓아버렸다. 이제는 그대를 내가 보낸다."

나는 야구에서 인생을 배운다

대학을 졸업한 나는 'D#'이라는 디자인 스튜디오를 만들었다. 돈 되는 일은 가리지 않고 하지만, 그중 주로 하는 일은 가수들의 음반 디자인이었다. 일기예보, 이문세, 양희은, 김범수, 이소라 등 가수들의 앨범 디자인 작업을 하다가 우연한 기회에 그룹 동물원의 앨범 디자인을 하게 되었다. 당시 우리 사무실 디자이너의 숫자는 나를 포함해서 네 명이었고, 당시 동물원 형들은 세 명으로 활동 중이었다.

그리고 우리 사무실을 참새가 방앗간처럼 왔다 갔다 하는 뜨내기들도 꽤 있었다. 동물원 형들이 앨범 디자인 때문에 사무실에 오고 또 언제나처럼 뜨내기 친구들이 사무실에 한데 모인 복잡한 어느 날, 사무실에 모인 사람들의 머릿수를 세어보니 아홉 명이 얼추 넘는다는 사실을 알게 되었다. 다음 날 나는 사람들에게 알리지 않고 동대문에 있는 체육사로 달려갔다. 체육사에서 어린 시절에만 껴봤던 글러브를 다시 껴보고 야구 장비 일체를 구입해 전날 모였던 사람들을 사무실로 다시 불러들였다.

그러고는 내가 산 글러브를 하나씩 선물했다. 이제부터 같이 야구를 하자고.

어린 시절의 꿈이 다시 열리는 순간이었다.

나는 야구에서 인생을 배운다

내게 글러브를 선물 받은 사람들은 모두 기뻐했다. 그리고 하나같이 자신이 왕년에 야구 좀 했었노라며 눈을 반짝이며 말했고, 곧이어 야구에 대한 갖가지 무용담을 쏟아놓기 시작했다. 그들의 말이 모두 사실이라면 한때 만화계를 휩쓸었던 전설의 만화 〈공포의 외인구단〉처럼 될 수도 있겠단 생각마저 들었다. 그리고 곧 누군가의 입에서 지금 바로 근처에 있는 학교 운동장에 나가서 공 받기를 해보자고 제안했고, 그 말이 떨어지기가 무섭게 마치 수챗구멍으로 물이 빨려나가듯 사무실 문을 빠져나가 늠름한 모습으로 운동장에 섰다. 간단한 몸풀기도 생략하고 곧바로 공 받기를 시작했다. 불과 몇 분 전까지 사무실에서 자신이 야구를 잘한다고 말했던 사람들이었는데 상대방이 던진 공을 글러브로 받지 않고 이마로 받는 사람도 있었고, 야구를 잘하는 것을 떠나서 정말 단 한 번이라도 야구 글러브를 껴본 적이 있는가를 의심케 하는 사람도 있었다. 하지만 사회생활을 시작하고 누군가와 그렇게 함께 땀을 흘리며 밝게 웃은 것은 처음이었다. 그날로 우리는 야구팀을 결성했다. 야구팀의 이름은 당시 한국인 최초로 메이저 리그에 진출해 활약하던 박찬호가 속해 있던 다저스의 이름을 모방해서 '다졌어'라고 지었다. 그리고 그날부터 시간이 될 때마다 공터에서 내야수만 있는 진짜 스몰 야구를 했다. 지금 생각 해도 철없이 환하게 웃던 더없이 즐거운 날들이었다.

나는 야구에서 인생을 배운다

야구는 팀대팀의 대결이다. 그래서인지 우리끼리 노는 것도 재미있기는 했지만, 항상 뭔가 부족한 느낌이 들었다. 그러던 와중 너무 바빠서 어느 주말에도 사무실에 나가 일을 해야 했던 날이 있었다. 일을 하다 출출해 사무실 근처 식당으로 밥을 먹으러 갔다. 자주 가는 식당이라 자연스럽게 평소에 앉던 자리에 앉았고, 식당 아주머니는 늘 먹던 백반을 내오셨다. 나는 언제나처럼 밥을 먹고 있는데 식당 안으로 한 무리의 사내들이 들어왔다. 소란스러운 소리에 고개를 들어 힐긋 쳐다봤는데 무리의 사내들은 유니폼을 입고 있었다. 식당의 누구와도 확연하게 차별화되어 보이는 유니폼. 농군 스타일로 바지를 무릎단까지 올리고 그 아래로 검은 스타킹을 신고 있어서 한눈에 야구복이라는 것을 알아볼 수 있었다. 그리 멀지 않은 곳에 LG 야구장이 있어서 눈을 가늘게 뜨고 혹시 LG 트윈스 선수들이 아닌가 싶어 자세히 쳐다봤다. 지금은 기억도 나지 않는 희한한 이름이 그들의 가슴팍을 가로지르고 있었다. 그들의 가슴팍을 보며 나는 어라? 하는 기분이 들었다.

앞서 말한 대로 팀 이름이 기억도 나지 않지만 프로팀은 분명 아니고, 실업팀이라고 하기에는 팀 이름이 너무 장난스러웠던 걸로 기억된다. 그제서야 이 무리의 사내들이 취미로 하는 동네 야구인가 하는 생각이 들었다.

우리도 빈 공터에서 야구를 하고 있지만, 그건 야구라고 말하기엔 쑥스러운 뭔가가 있었다. 그들을 발견한 때부터였다. 내 열망이 꿈틀거린 것은.

동네 학교 운동장과 공터를 벗어나 마운드가 있는 야구장에서 야구를 하고 싶다는 열망. 지난 16년이 넘는 긴 세월 동안의 사회인 야구 생활은 내 인생에 큰 기쁨을 제공해주었다. 내 열망과 그 열망에 따른 노력이 없었다면 지금의 기쁨은 내게는 없었을 것이다.

야구가 없었다면 16년이라는 기간은 내겐 견디기 쉽지 않는 그저 긴 시간이었을 것이다. 지금까지 그리고 앞으로도 난 야구를 사랑하며 살 것이다.

'조마조마' 화이팅!

난 야구에서 인생을 본다

야 구
생 각
박 광 수

I LEARN
MY LIFE

FROM BASEBALL.

나는 야구에서 인생을 배운다

28.98

right

8.79

foul line

1

I LEARN
MY LIFE
FROM
BASEBALL.
아나운서 최희 INTERVIEW 01

박광수 현재 KBS 아나운서 소속이죠?

최희　KBSN이요.

박광수 KBS 아나운서와 KBSN은 뭐가 다른가요?

최희　KBS의 자회사가 KBSN인데, KBSN에서는 아나운서를 전부 따로 뽑죠.

박광수 그러면 왔다 갔다 할 수는 없나요?

최희　그렇죠. 근데 방송은 왔다 갔다 해요. KBS 방송을 하기도 하고요.

박광수 소속만 그냥 KBSN인가요?

최희　네. 중계는 보통 KBSN 스포츠에서 많이 하니까요.

박광수 요즘 공중파에서는 중계를 거의 안 하니까요.

최희　1년에 한두 번? 코리안 시리즈 이럴 때만 해요.

박광수 주로 뭘 하나요?

최희　저는 매일 밤 열한 시에 〈아이 러브 베이스볼〉이라는 야구 하이라이트 프로그램을 한 시간씩 해요.

박광수 야구장에 가는 시간이 선수들하고 비슷하죠?

최희　네. 저희도 세 시 정도요? 여섯 시 경기면요.

박광수 연습할 즈음 도착해서 사전 인터뷰도 하고 끝나고도 하고 그러죠?

최희　사전 인터뷰는 방송에 잘 안 나가요. 그냥 저희가 따로 수첩 들고 다니면서 감독님이나 선수들한테 질문하고, 덕아웃에 앉아서 감독님 이야기를 듣고 그래요.

박광수 지금까지 야구 선수를 몇 사람 정도 인터뷰했나요? 감독하고 코치 포함해서요.

최희　제가 프로그램을 진행하기 때문에 인터뷰는 신입일 때만 했지만, 대략 100명 정도 되는 것 같아요.

박광수 그중에서 인상 깊었던 선수가 있나요?

최희　선수는 아니지만 선동렬 감독님이 기억에 남아요. 선동렬 감독님은 진짜 선생님 같은 느낌이었어요.

박광수 선생님처럼 말씀하시나요?

최희　네. 그렇기도 하고 선수들을 생각하는 면들이 그랬어요. 어떻게 보면 야구판에선 감독과 스승이 나누어지는 것 같은데, 스승의 느낌이었어요. 들으면서 저도 계속 빠져들고, '이래서 선수들이 선동렬 감독님한테 한 번쯤 배우고 싶어하는구나' 이런 생각이 들었어요.

박광수 선수 중에는 인상적인 사람이 없었나요? 선수와 인터뷰하다 결혼까지 하는 아나운서 분들도 있잖아요.

최희 선배 두 명이 전부 야구 선수랑 결혼했죠.

박광수 그러니까요. 본인도 그럴 가능성이 있지 않나요?

최희 아뇨. 저는 자신 없어요.

박광수 신랑감으로 야구 선수가 매력이 없는 건가요?

최희 아뇨. 엄청 매력 있죠. 넥센의 박병호 선수랑 결혼한 지윤 선배가 했던 인터뷰를 봤는데, 야구 선수만큼 멋있는 신랑감이 어디 있느냐 그러더라고요. 건강하지, 외형도 보기 좋지, 돈도 많이 벌지! (일동 웃음)

박광수 그런데 왜 싫으세요?

최희 저는 자신이 없어요. 박병호 선수가 전지훈련을 가고 지윤 선배가 혼자 있을 때 집들이에 갔었어요. 신혼 한 달밖에 안됐는데 전지훈련을 오랫동안 간 거예요. 그걸 보니 전 못할 거 같아요.

박광수 전지훈련뿐만 아니라 돌아와서는 계속 여덟 개 구단이 원정 경기를 해야 하니까요.

최희 그러니까요. 1년의 절반 이상을 집을 나가 있으니까 저는 못할 것 같다고 그랬어요.

박광수 최희 아나운서를 만나기 전에 인터넷 검색을 해보니까 야구 아나운서계의 여신이라고 하더군요.

최희 그거는 그냥 기자 앞에 수식어를 달 게 워낙 없어서 그럴 거예요. 또 여자가 야구계에 몇 명 없잖아요.

박광수 그런 말 들으면 기분은 좋죠?

최희 여신이란 말이요? 아뇨. 싫다기보다 솔직히 말해서 '최희'라는 사람을 딱 떠올렸을 때, 가장 먼저 생각나는 수식어가 여신은 아니었으면 좋겠어요. 여러 가지가 있을 수 있겠지만 저는 방송 잘하는 사람, 혹은 좋은 사람, 아니면 야구 진행 정말 잘하는 이런 수식어면 좋겠어요.

박광수 방송 잘하고 사람 좋은 여신이라고 불리면 좋잖아요.

최희　여신이란 표현이 서너 번째 나오면 좋죠. 첫 번째로 딱 나오는 거는 부담스러워요.

박광수 그렇군요. 제가 여자라면 굉장히 기분 좋을 것 같은데요. 여신이라는 말은 쉽게 들을 수 없잖아요. 흔해지긴 했지만.

최희　그렇죠. 제가 붙여달라고 한 것도 아닌데, 가끔 사람들이 '신전이 미어터지겠네. 개나 소나 여신이래'(일동 웃음)라고 해요. 내가 그렇게 불러달라고 한 것도 아닌데, 더 예쁘고 어리고 잘하는 사람도 많은데, 괜히 '나 이거 갖다줘야 되나' 싶기도 하고, 좀 민망할 때가 많죠.

박광수 야구 아나운서를 하기 전에도 야구를 좋아했어요?

최희　아니요.

박광수 그럼 야구 룰도 전혀 몰랐겠네요?

최희　알긴 알았지만 자세히는 몰랐어요. 초등학교 다닐 때는 아버지가 스포츠를 좋아하셔서 현대 유니콘스 어린이 회원이었어요. 그때는 잠실 근처에 살아서 야구장에 아빠랑 많이 갔죠.

박광수 몇 번이나 따라갔어요?

최희　글쎄요. 현대가 원정 경기 있을 때는 많이 갔어요. 저희 친척들이랑 다 같이요.

박광수 야구장에 가면 뭐가 제일 즐거웠나요?

최희　아직도 어렸을 때 기억나는 게 "OB 바보~" 이러면서 상대편 놀리고 그랬거든요.

박광수 최희 아나운서가 갔을 때는 두산 아니었나요?

최희　아니에요. 저 초등학교 때 "OB 바보~ OB 바보~" 이랬었어요. 원년 OB팬들에게는 죄송하지만, 그때는 그런 응원하는 게 신기하고, 참 재미있었어요. 아버지가 맛있는 것도 많이 사주셨죠. 거기서 치킨도 먹고, 어렸을 때 그랬었죠.

박광수 야구장에선 '치맥'(치킨과 맥주)이 최고죠. 지금은 룰을 거의 다 안다고 생각하세요?

최희　야구 룰이 얼마나 많은데요. 보크처럼 하나의 룰이지만 그 안에 몇 가지의 상황

185

을 따져야 하는 룰도 있고요. 사실 야구 규정집을 들고 다니며 비시즌 때 학교 시험 공부하듯이 공부했어요. 저는 오랜 시간 야구를 보아온 팬들보다 분명 그런 부분에서 취약할 수밖에 없으니 시험 공부하듯 공부해야만 따라갈 수 있다고 생각해서 노력했죠. 지금도 부족한 부분은 늘 해설위원님께 물어보고 계속 공부해요.

박광수 야구 룰을 모르는 상태에서 인터뷰하면 물어볼 수 있는 게 한정적일 것 같아요.

최희 그렇죠. 초반엔 선수들에 대해 잘 몰라서 어려운 점들도 많았어요. 그리고 야구란 스포츠의 문화도 이해하지 못해서 저지른 실수들도 많고요.

박광수 하하하. (웃음)

최희 슬럼프 빠진 선수한테 "정말 요즘 활약이 대단해요" 이러질 않나….

박광수 그럴 때 선수들의 반응은 어때요?

최희 선수가 오히려 당황해서 절 멍하니 쳐다보죠.

박광수 가장 큰 실수, 기억에 남는 실수가 있나요?

최희 제가 신입일 때 두 번째 인터뷰한 선수가 류현진 선수였어요. 앉아서 인터뷰를 10분 넘게 하고 마지막 말로 제가 멋지게 클로징을 하고 싶은 거예요. 그래서 마지막 질문으로 "류현진 선수, 지금 야구로 친다면 본인의 야구 인생은 몇 회 정도 와 있는 것 같나요?" 했더니 아직 3, 4회밖에 안 왔다고 대답했어요. 그래서 제가 "류현진 선수, 앞으로 5회, 6회, 만루 홈런처럼 좋은 일만 가득하길 빌겠습니다" 이렇게 클로징 멘트를 한 거예요.

박광수 투수한테?

최희 투수한테 만루 홈런처럼 좋은 일 가득하라고. 류현진 선수도 표정이 "네?" 이러더라고요. 저는 그것도 모르고 한참 웃으면서 "류현진 선수 만나봤습니다" 이러고 방송 마쳤는데 나중에 엄청 욕먹었죠.

박광수 방송 못 나갔나요?

최희 생방송이었어요.

박광수 근데 야구를 보는 사람들은 그런 것도 색다른 재미일 거예요.

최희 근데 이제는 팬들이 전문가잖아요. 그래서 여자 아나운서 1세대일 때는, "뭘 모르는데 열심히 하네. 귀엽네" 하고 봐주셨을지 모르지만 이젠 아니에요.

박광수 그렇군요. 야구 룰이 9회까지가 다 아는 거라면, 최희 아나운서는 몇 회 정도까지 안다고 생각하세요?

최희 6회? 야구는 단순히 룰만 안다고 되는 것도 아닌 것 같아요. 선수들을 잘 알고, 선수들의 스토리를 인지하고, 야구란 스포츠를 이해하고, 또 야구팬들의 문화를 받아들이고. 그래서 아직까지 7회, 8회, 9회 혹은 연장까지 배우고 채워야 할 것들이 많이 있다고 생각해요. 제가 타자라면 지금까지는 솔직히 빗맞은 안타가 장타로 운 좋게 연결된 타석도 몇 번 있었던 것 같아요. 하지만 분명한 건 타석에 들어서기 전에 연습을 게을리한 적이 없고 타석에 들어서서는 그 누구보다도 간절했어요. 그러니 이제 남은 타석에선 빗맞은 안타 말고 제대로 호쾌한 스윙으로 장외홈런 때릴 수 있길 기대해봐요.

박광수 일반인들은 최희 아나운서가 인터뷰하는 방송을 보면서 어떤 부분에서 노력하는지 잘 모를 거예요. 그처럼 프로그램을 진행하기 위해 어떤 노력을 하고 있나요?

최희 시즌이 시작되면 매일 하루에 네 경기를 봐요.

박광수 전부 보나요? 1회부터 9회까지?

최희 네. 네 경기를 중계하는 모니터 네 개를 앞에 놓고 동시에 봐요. 나란히 있어요. 기록지까지는 작성 못하지만 중요한 것은 일일이 다 체크해요. 누가 몇 회에 뭘 했는지 그런 거를요. 선발 투수 기록 같은 것도 체크하고요. 야구가 끝나자마자 생방송으로 하이라이트를 하거든요. 그래서 네 경기를 다 봐야 하고 내용을 다 알고 있어야 해요.

박광수 야구 보는 게 즐겁지만은 않겠네요?

최희 음…3~4월은 즐겁지만, 6~7월이 되면 힘들고, 8~9월이 되면 이게 뭔지 잘 구분도 안 가고, 10월 되면 할 만해요.

박광수 우천으로 취소되고 그러면 기쁘기도 하겠어요?

최희 그럼요. 선수들도 우천으로 취소되면 좋아하잖아요. 저는 선수들도 우천으로 취소되면 그렇게 좋아하는 줄 몰랐거든요. 야구팬들은 어떻게 그럴 수 있냐고 그러겠지만, 매일매일 그렇게 하니까 하루쯤은 "비 와라, 비 와라" 한다니까요.

박광수 그런데 그걸 안 원하는 선수가 있거든요.

최희 2군에 있다가 1군에 올라와서 라인업에 올라간 선수거나, 그날 컨디션 좋은 선수들이요.

박광수 야구 룰 중에 가장 멋있다고 생각되는 것이 있나요?

최희 타자가 삼진을 당하기까지 세 번의 기회가 주어지는 것이 좋아요. 두 번의 기회까지는 그냥 보내고도 마지막 하나, 자신이 좋아하는 공을 기다리며 계속 공을 커트하는 거죠. 투스트라이크 상황에서도 끈질기게 승부를 이어갈 수 있으니까요.

박광수 커트가 무척 어려워요.

최희 그러니까요. 그렇게 끈질기게 승부를 이어갈 수 있는 것, 그게 멋있는것 같아요. 저는 그것도 멋있어요. 유일하게 스포츠 중에서 감독들이 선수와 같은 유니폼을 입잖아요.

박광수 맞아요. 야구만 그렇지요.

최희 처음 벤치 클리어링을 봤을 때도 인상 깊었어요. 선수들이 다 우르르 나가잖아요. 그런데 누가 뒤에서 안 나가고 서 있었어요. 처음에는 "저 선수 너무 착하다. 왜 다 저렇게 나가서 싸워?" 그랬는데 친구가 "야! 쟤가 욕먹는 거야" 이러는 거예요.

박광수 그라운드로 싸우러 안 나가면 벌금 물어요.

최희 그렇다면서요. '정말 그런 식으로도 팀워크가 강조되는구나' 싶어서 인상적이었어요.

박광수 선수들한테 물어보면 싸움이 나면 무조건 다 뛰어나가야 한대요. 안 나가면 벌금 무니까. 나가면 일단 아무나 잡아야 한대요. 잡고 보니 친한 선수면 싸우는 척하면서 사담 나눈대요.

박광수 어느 팀이 가장 좋나요?

최희 옛날에 어느 프로그램에서 저에게 각 구단의 특징을 이야기해달라고 한 적이 있어요. 갑자기 묻는데 그걸 주구장창 어떻게 설명해요. 그래서 그럼 제가 남자로

비유하겠다고 해서 여덟 개 구단을 남자로 표현했어요. 삼성은 당시에 계속 1위를 달리고 있어서 삼성은 영리한 남자, SK는 성실한 남자, 기아는 집안 좋은 남자라고 그랬어요.

박광수 우승을 많이 해서.

최희 네. 롯데는 마초적인 남자.

박광수 전부 맞는 것 같은데요.

최희 두산은 그냥 귀여운 남자. 또 어디가 있죠?

박광수 LG.

최희 LG는 나쁜남자. 팬들의 속을 까맣게 태우지만 떠날 수 없는 그런 나쁜 남자. 그리고 한화는 구수한 남자. 한화 하면 그냥 구수한 이미지가 떠올랐는데, 수더분하고 착한 그런 느낌이요. 넥센은 안아주고 싶은 남자라 그랬거든요.

박광수 안쓰러워서?

최희 네. 그렇지만 몰라보게 성장했어요.

박광수 야구를 보면서 정말 어이없는 상황도 많이 봤을 것 같은데요, 가장 어이없었던 경우가 있나요?

최희 어이없는 경우는 아니고요, 한화에서 김준호 선수가 대주자로 나온 경기였어요. 경기를 많이 못 뛰던 선수였는데 대주자로 나와 2루에서 홈으로 들어오는데 너무 열심히 뛰다가 홈 앞에서 혼자 넘어진 거예요. 넘어지지만 않았으면 충분히 세이프될 수 있는 타이밍이었는데 아웃이 되어버렸어요.

박광수 저도 봤어요. 그때 주자가 들어왔으면 이겼을 상황이었죠. 홈 베이스에서부터 한 5미터 정도 앞에서 넘어졌는데, 완전히 세이프 타이밍이었는데 넘어졌다 일어나는 순간 이미 포수에게 공이 와 있었죠.

최희 제가 사무실에서 그걸 보고 있었는데, 몇몇 사람이 막 웃었어요. 그런데 저는 눈물이 막 나는 거예요. 얼마나 빨리 뛰어오고 싶었으면 거기서 다리가 엉켰을까. 그 망연자실한 표정이…. 스타 선수라면 또 모르겠는데 정말 기회를 잡으려는 선수였기 때문에 너무 안타까웠어요.

박광수 기회가 흔치 않았을 테니까요. 전 그런 비슷한 느낌을 〈패왕별희〉라는 영화를 보면서 느꼈어요. 보셨나요?

최희   아니요.

박광수   경극을 주제로 하는 영화였는데, 아이들에게 경극을 가르칠 때 굉장히 엄하게 때리면서 가르쳐요. 너무 때리니까 주인공 꼬마애들 둘이 경극단에서 도망 나와요. 도망 나왔다가 동네에 온 유명 경극단의 공연을 보러 가죠. 사람들은 수준 높은 경극을 보며 즐거워하는데, 꼬마아이 둘은 막 우는 거예요. 울면서 "저 사람은 저렇게 하기까지 얼마나 많이 맞았을까?"라고 말해요. 모든 성과의 가치는 노력한 사람만이 아는 것 같아요. 그것을 이루기 위해 노력해보지 않은 사람들은 알지도 알 수도 없는 거죠.

최희   맞아요.

박광수   무명 선수들이 잘해서 인터뷰하게 되면 최희 아나운서는 더 잘해주나요?

최희   네. 저도 훨씬 기분이 좋아요.

박광수   무명 선수들이 잘해서 인터뷰하면 정말 좋아하겠어요. 매번 잘해서 인터뷰하는 선수들은 무덤덤하겠지만요. 본인은 어느 쪽에 더 애착이 가나요? 베테랑 유명 선수랑 이제 막 시작하려는 친구가 한번 잘해서 인터뷰할 때하고요?

최희   프로 베테랑이랑 할 때가 훨씬 편해요. 왜냐하면 워낙 인터뷰를 많이 해봤기 때문에 물어보면 원하는 대답을 해주거든요. 그리고 유명할수록 자료도 많아서 인터뷰 질문 만들 것도 많아요. 그런데 신인이나 그동안 빛을 못 봤던 선수들은 인터뷰를 많이 안 해봤기 때문에 말을 잘 못해요. 질문에 그냥 단답형으로 대답하는 경우가 많아서 인터뷰가 힘들죠. 그렇더라도 그런 선수들과 인터뷰할 때가 의미는 있어요. 나의 인터뷰로 인해 이 선수에 대한 재발견이 되지 않을까, 사람들이 몰랐던 이 선수의 이야기가 전해지지 않을까 하는 생각이 들면 뿌듯해요.

박광수   야구를 좋아하지 않거나 싫어하는 여자 분들에게 '야구는 이런 매력이 있으니까 좀 보세요!' 라고 말해줄 수 있는 것이 뭐가 있을까요?

최희   야구는 인생을 담고 있다고 하잖아요. 저는 야구를 보면서 그런 생각 정말 많이 해요. 가끔 야구 보면서 느껴지는 교훈들이 그 어느 책보다 그 어느 영화보다 더 강렬하게 다가올 때가 있어요. 예를 들어, 2군에 있던 만년 유망주 선수가 최고의 선수로 성장하는 과정을 보며 반성과 희망을 동시에 찾기도 하고, 최고의 선수가 슬럼프와 고난을 겪는 걸 보며 용기와 담대함을 배우기도 하죠. 그런 점들이 좋아요. 또 현실적으로 도움이 되는 건 주변 남자친구들에게 조금 인기녀가 되었달까. 하하. 남자친구들이 저랑 야구 이야기하는 게 좋은가봐요. 재밌다고 매일 맥주 마시며 이야기하자네요.

박광수 신기해하죠?

최희 네.

박광수 사회인 야구팀 중에는 여자팀도 있어요. 어떻게 생겼든지 야구복 입고 있으면 무척 매력적으로 보여요. 섹시한 그런 게 아니라 건강한 느낌이랄까! 보고 있으면 계속 미소가 띠어져요.

최희 좋죠. 그리고 솔로인 여자들한테도 좋은 것 같아요. 왜냐하면 월요일 빼고 매일매일 하잖아요. 한 번 하면 서너 시간씩 하죠.

박광수 아, 시간이 쑥쑥 가니까요? (웃음)

최희 시간이 잘 가니까 외로울 새가 없죠. 제 주변의 노총각 분들은 그래서 야구가 좋다고 그러더라고요. "매일매일 네 시간씩이나 하잖아"이러면서요.

박광수 롯데 같은 데는 응원하다가 자기네 편이 홈런 치면 모르는 사람들끼리도 좋아서 껴안고 그러잖아요. 그러면서 친해지는 사람도 있을 것 같아요.

최희 맞아요.

박광수 본인이 만약 야구 선수라면 해보고 싶은 포지션과 그 이유가 있을까요?

최희 전 투수요.

박광수 투수?

최희 왜냐하면 투수가 첫 번째 공을 던지기 전까지는 경기가 시작 안되잖아요. 모두 그 공에 집중하고 기다리잖아요. 그렇게 스포트라이트를 받는다는 것, 내 공에 쾌감이 있을 것 같아요.

박광수 아나운서가 돼서 내가 참 잘했다라고 생각하는 것이 있나요? 이거 하길 참 잘했어, 이런 거요.

최희　일단 훌륭한 취미가 생긴 것, 그리고 그 취미가 일인 것, 매일매일 할 수 있는 일이라는 게 정말 행복한 것 같아요.

박광수　자신이 좋아하는 일을 일로써 하니까 더 행복하겠군요?

최희　네. 제가 사무실에 앉아서 컴퓨터 작업하고 웹문서 작업하고 이런 거 할 생각하면 자신이 없어요. 그런데 그라운드 나가서 돌아다니고, 사람들 만나고, 경기 보고, 관중들 느끼고 이런 게 너무 멋진 것 같아요.

박광수　팔도를 다 돌아다니죠? 그럼 어느 도시에 가면 좋은가요? 서울이 제일 좋나요? 퇴근하고 집으로 바로 갈 수 있으니까요.

최희　솔직히 서울이 제일 좋죠.(웃음) 집에 가서 바로 잘 수 있으니까.

박광수　서울을 제외하고 어느 도시에 가면 좀 편안하고, 혹은 먹거리가 더 좋다든지, 잠자리가 좋다든지, 사람들이 친절하다든지?

최희　부산이 좋은 게 구장하고 화장실이 깨끗해요. 다른 구장들은 좀 낙후되어서요.

박광수　문학이 더 좋지 않아요?

최희　아, 문학도 좋죠. 광주는 다시 보수공사를 하고요. 워낙 야구장 시설이 낙후됐잖아요. 저는 화장실이 깨끗한 구장이 제일 좋더라고요.(웃음)

박광수　야구장에 가는 여자들한테는 가장 큰 척도가 화장실이군요.

최희　저는 그렇던데요. 어느 구장이 제일 좋으냐고 물어보면 화장실 깨끗한 구장이요.

박광수　마지막으로 꼭 하고 싶은 이야기는?

최희　여자가 스포츠를 한다는 게, 여자이기 때문에 메리트도 있지만 여자이기 때문에 엄청난 핸디캡과 장벽도 많은 것 같아요. 예를 들어, 우리가 방송에서 실수로 말을 잘못했는데, 사람들은 그걸 무지로 이해해버려요. 제가 사사구를 잘못 말해서 생방송인데 "사사기가 몇 개였습니다" 이렇게 말한 거예요. 그걸 가지고 "쟨 아무것도 몰라" 이러시는 거예요. 실수를 실수라고 생각하지 않고 무지하다고 생각하는거죠. MBC 스포츠플러스의 김민아 선배가 이렇게 이야기한 적이 있는데 크게 공감했어요. "여성 스포츠 아나운서의 실수를 실수라고 생각하지 않고 무지하다고 생각하는것이 아쉽다" 그 점이 저도

아쉬워요.

박광수 여자가 운전하다 실수하면 무조건 김여사라고 몰아가는 것처럼요?

최희 남자들도 운전하다 실수하잖아요. 근데 여자들이 조금 실수하면 김여사라고 몰아가는 것처럼 스포츠에서도 여자이기 때문에 받는 혜택과 좋은 점도 많지만 아직까지는 그럼 핸드캡도 많은 것 같아요. 제가 여신이라고 불리는 것도 그렇게 좋지만은 않은게….

박광수 실력으로 안 보고 무조건 외모로만 본다?

최희 네. 예쁘게 갖다놓은 얼굴마담 식으로 생각하기보다 우리도 야구 좋아하고, 그리고 열심히 배우고 있고, 열심히 하는 구성원이니까 좀 더 열린 마음으로 봐주셨으면 좋겠어요.

박광수 맞습니다. 옳은 지적, 바른 말이십니다. 오늘 어려운 시간 내주셔서 감사하고 조속히 전국의 모든 야구장의 화장실이 깨끗하게 보수되기를 빌겠습니다.

세상의 거의 모든 스포츠는 현장에서 보는 맛이 가장 좋다. 권투는 직접 가서 보면 멀리까지 '퍽! 퍽!' 하는 치고받는 소리가 집에서 TV로 볼 때와 는 느낌이 사뭇 다르다. 나도 모르게 무릎에 힘이 들어가고 내 몸이 선수의 움직임에 움찔거린다. 박진감을 넘어선 그들의 투지와 열정을 TV 카메 라로 오롯이 담아낸다는 것이 불가능하다고 느껴 질 정도다. 야구는 어떤가? 야구장 벤치에 앉으면 눈이 아릴 정도로 초록이 지천이다. 어지간히 숫 기 없는 사람도 관중들의 파도타기를 신나서 저 절로 따라 하게 되고, 평소에 쌓아두었던 스트레 스를 응원을 빙자한 고함으로 날려버릴 수 있는 곳이다. 그만큼 현장감이란 좋은 것이다. 하지만 난 TV 중계로 보는 것 또한 현장감과는 다른 매력 이 있다고 생각한다. 캐스터의 매끄러운 진행과 내가 미처 알지 못하는 것을 세심하게 집어주는 해설자의 시각을 듣고 있자면 가끔은 경탄스러울 때가 있다. 그 경탄스러움은 최희 아나운서가 말 한 대로 많은 공부와 오랜 경험을 통해 나온다. 야 구를 보는 사람들은 모두가 자신이 야구 박사처 럼 말하지만, 열심히 공부하는 그들을 따라잡기 는 어렵다. 부디 최희 아나운서의 바람대로 세상 의 모든 곳에서 외모보다는 능력으로 대우받는 날 이 하루빨리 오길 바란다.

INTERVIEW 02

이승용

I LEARN
MY LIFE
FROM
BASEBALL.

박광수 야구를 시작한 게 언제였나요?

이숭용 초등학교 4학년 때요.

박광수 누구의 권유로 시작했나요?

이숭용 그냥 유니폼 자체가 너무 멋있었어요. 그래서 무조건 야구를 하고 싶었어요. 또 운동을 원체 좋아했어요.

박광수 그때도 지금처럼 덩치가 컸었나요?

이숭용 또래들보다도 훨씬 작았어요. 초등학교 때는 스스로 그렇게 작다는 걸 못 느꼈어요. 나름 투수도 했고 야구를 못하는 쪽은 아니었어요. 그리고 운동이 끝나서 집에 가면, 어머니가 꼭 공부를 시켰어요.

박광수 그럼 초등학교 때 공부를 잘했어요?

이숭용 네. 제 기억으로는 손가락 안에 들었던 것 같아요.

박광수 열 손가락? 다섯 손가락?

이숭용 열 손가락이었죠. (웃음)

박광수 그때는 프로야구가 없었잖아요?

이숭용 초등학교 5학년 때 생겼어요. 시작할 때는 없었는데 1982년에 생겼어요.

박광수 처음 시작할 때는 프로야구 선수가 될 거라는 꿈 같은 건 없었어요?

이숭용 그런 건 없었어요. 막연하게 유니폼이 멋있고 좋았죠. 유니폼이 예뻤다기보다는 모자를 쓰고 유니폼을 입으면 정장이잖아요. 다른 운동은 어떻게 보면 팬티만 입고 하는데, 야구복은 더울 때도 모자를 쓰고, 긴소매를 입고, 타이즈를 신고 딱 차려입은 그 느낌이 너무 멋있었어요.

박광수 어렸을 때 야구를 그만두고 싶었던 적은 없었나요?

이숭용 초등학교 때 처음에는 적응하기 힘들어서 도망가기도 하고 그랬어요. 그만두고 싶다는 생각도 했죠. 그 이후로는 그만두고 싶다는 생각은 프로 와서까지도 한 번 정도 더 있었어요.

박광수 그 한 번이 언제인가요? 그러니까 두 번 정도밖에 없었던 거예요? 지금까지 야구를 그만하고 싶다는 생각이?

이숭용 초등학교 때는 뭘 몰랐을 때니까 타인에 의해서고.

야구선수 이숭용

박광수 타인에 의해서요?

이숭용 적응을 못하는 거죠. 제 성격 자체가 어렸을 때는 굉장히 낯을 많이 가렸어요. 예를 들어, 도시락을 먹는데 누가 내 반찬에 손을 대면 안 먹었어요. 먼지가 나면 안 먹고.

박광수 깔끔한 성격이었네요. 지금은 어때요?

이숭용 운동을 하면서 너무나 많이 변하고 싶더라고요. 실제로 변하려고 노력도 했어요.

박광수 뭐가 제일 변한 것 같아요?

이숭용 성격 자체가 완전히 변했어요. 소심해서 남들이 먼저 말을 걸지 않으면 절대 말을 안 하는 스타일이었는데 초등학교 6학년 때 주장을 하면서 변화가 있기 시작했어요.

박광수 주장이란 감투가 대단한 것 아닌가요? 그냥 나이 많다고 시켜주는 건 아니잖아요.

이숭용 그렇죠. 또래의 초등학교 6학년 아이들 중에선 그나마 상대적으로 야구를 좀 하니까 시켜줬던 것 같아요.

박광수 그 후로 다시 그만두고 싶었던 적은 언제인가요?

이숭용 프로 와서요.

박광수 2군 때?

이숭용 프로 와서 목표가 3년 이내에 자리를 못 잡으면 야구를 그만둬야겠다고 생각했어요. 당시 전 군대도 면제받았고, 3년 동안 자리를 못 잡으면 그만둬야겠다는 마음으로 프로에 들어왔어요. 근데 희한하게 3년째 딱 제대로 자리를 잡았어요. 그런데 생각해보면 입단하고 1994, 95년에는 1군과 2군을 왔다갔다 하는 그런 존재였어요. 96년부터 제대로 1군에서 이숭용이라는 선수가 있구나 각인을 시켰던 것 같아요.

박광수 음, 은퇴할 때는 1루수로 은퇴를 했잖아요. 외야를 보기도 했고. 그전에 다른 포지션을 했던 건 뭐였어요? 초등학교 때는 투수도 했었고.

이숭용 고등학교 때까지 투수를 하다가 1학년 때인가 팔꿈치가 나간 거예요. 너무

갑작스럽게 크니까 키는 크는데 몸이 못 따라간 거죠. 삐쩍 마르고 골격 자체
도….

박광수 근육이 다 형성이 안된 상태였네요.

이숭용 그래서 지금 습관성 탈구가 됐어요. 발달이 다 안된 상태에서 무조건 운동을 했던
거죠. 그래서 팔꿈치가 나가고 공을 못 던지고, 그렇게 되면서 타자로 전향하고.
다행히 그때 감독님이 그럼 너는 1년 동안 운동하지 말고 도시락을 다섯 개씩 싸
가지고 와서 오전, 오후, 야간 내내 웨이트만 하라고 시켰어요. 고등학교 1학년 때
부터 2학년 때까지 다섯 끼씩 먹고 웨이트만 했어요. 그래서 2학년 때는 타자를 하
면서 방망이를 곧잘 쳤죠. 근데 팀이 원체 못해서 대학에 못 갔어요. 4강 안에 들어
야 대학을 가는데 우리 학교는 너무 못해서 4강에 못 들었어요. 그래서 상비군이
라고 뽑아서….

박광수 잘하는 애들만?

이숭용 특기자로 갔는데, 그래서 경희대학교에 갔어요. 그것도 가장 늦게요. 그때 야구
부에 티오가 없었는데 지금은 돌아가신 대학교 감독님이 약간 편법을 쓰셨던 것
같아요. 축구 티오를 빼서 날 받아줬던 것 같아요. 그땐 저한테는 가능성만 있었
어요. 키 크고, 힘 좋고, 왼손잡이에다가 1루수도 하고 투수도 했던 경력이 있으
니까 가르치면 잘할 수 있겠다 그런 정도? 그러다가 가능성만 보고 그 당시 삼성
에서 절 보러 스카우트가 왔었어요.

박광수 아, 프로에서도 성적이 안 나오는 선수들을 가능성만 보고 뽑기도 하는군요?

이숭용 그럼요. 지금도 가능성만 보고 신고 선수로 데려가는 경우도 종종 있어요.

박광수 그때도 신고 선수들이 있었어요?

이숭용 아뇨, 없었죠. 일단 테스트해봐서 괜찮으면 등록을 시키고 정식 선수가 되는 거
죠. 그 당시엔 삼성에서 이야기가 좀 있었어요. 그런데 감독님이 "대학 생활을
해봐라. 평생에 한 번 있는 건데"하고 말씀하셨어요. 그리고 우리 때만 해도 고
등학교 졸업하고 프로로 바로 가는 경우는 야구를 못하는 친구들이 대부분이었
어요. 대학을 못 가는 애들이 프로로 갔어요.

박광수 그래요? 잘하는 고등학교 선수들 중에 나는 일찍 돈을 벌어야겠다 하면서 바로

가는 선수들도 있지 않나요?

이숭용 우리 때는 거의 없었어요. 그래서 고민을 하다 결국 대학에 갔죠. 1학년들이 다 모였는데, 내 포지션만 세 명인 거예요. 그 당시에 1루수, 2루수를 뽑았는데 저는 제일 마지막에 들어갔어요. 그리곤 종이를 나눠주며 그동안의 성적이나 이런 거를 적으라고 하더라고요. 근데 전 한 게 없으니 아무것도 적을 게 없는 거예요.

박광수 창피했겠어요, 약간.

이숭용 창피한 정도가 아니라 이건 뭐 망치로 한 대 맞은 것 같았어요. 그리고 그걸 발표하는데….

박광수 자신이 직접 발표를 해요?

이숭용 다들 무슨 무슨 대회 4강이며 개인 타이틀을 말하더라고요. 전 그때 너무 창피해서 경희대에 입학하며 목표를 세 가지 세웠어요. 첫 번째가 국가대표로 뽑히자. 두 번째가 팀의 주장을 하자. 세 번째가 우승을 하자였어요. 그 세 가지를 늘 마음속에 새겼어요. 운동장에서 두 시간씩 집 부수는 큰 해머로 손목힘을 키웠어요. 당시의 전 손목힘이 너무 없어서 타구가 뜨질 않는 거예요. 고등학교 때는 나름 한다고 했는데 대학에 와보니 너무 쟁쟁한 아이들이 많은 거죠. 이걸 어떻게 해야 하지? 선배들에게 조언을 구했더니, 자신이 고등학교 때는 큰 해머를 가지고 운동을 했다는 거예요. 그때부터 처음에는 해머로 땅을 파기 시작했고, 그러다가 손목힘이 생겨서 그걸로 스윙을 하기 시작하고, 그러다 두 달 지나서 손목이 이만해진 거예요.

박광수 아, 부어서요?

이숭용 그럼요. 손목이 해머의 무게를 이겨내질 못했던 거죠. 근데도 미친놈처럼 했어요. 그렇게 했는데도 1학년 때는 시합 못 뛰고, 2학년 때 좀 뛰고, 3학년 때부터 방망이를 들기 시작했어요. 3학년 때부터 주축으로 5번으로 좀 잘 쳤어요. 경희대가 저 3학년 때 4학년 선배들이 좋은 선수가 많았어요. 지금 은퇴한 박충식, 최태원, 지금 SK에서 코치하고 있는 한혁수 코치, 그리고 김종성이라고 대학교 멤버들은 무척 좋았어요. 야구를 무척 잘했던 사람들이에요. 그래서 4강만 세 번인가 네 번 들었어요. 그러고 나서 야구를 좀 알게 된 거죠. 대학교 4학년 때 주장을 하고, 4학년 때 또 대표팀이 됐어요. 우승도 대학교 4학년 때 했죠. 당시 한양대에 박찬호, 차명주, 유지현 등 멤버가 쟁쟁했어요. 근데 한양대랑 붙어서 우승을 한 거예요. 그때 어찌나 기쁘던지….

박광수 원하는 모든 것을 이뤘네요. 정말 기뻤겠어요.

이승용 그래서 동대문야구장에서 유니폼을 입은채 응원 왔던 학생들하고 같이 경희대까지 걸어갔어요. 그때 정말 행복했어요. 야구하면서 이런 게 처음인 거죠! 우승도 처음 했고, 국가대표도 처음으로 발탁되었고, 타격상도 처음 타 봤어요. 그때 받은 상이 춘계리그 타격상이에요. 상이라곤 처음 타본 거예요.

박광수 그 대회 타격상이었죠?

이승용 그렇죠. 대회 타격상이었죠. 야구를 너무 못했기 때문에 그런 것이 나에게 올까 하는 생각이 너무 멀리 있었어요. 근데 그런 것들이 오더라고요. 그리고 저한텐 그런 게 좀 있어요. 내가 마음먹으면, 겉으론 표현을 안 하지만 이긴다!

박광수 야구 인생에서 가장 기뻤던 적은 언제인가요?

이승용 대학교 4학년 때요. 대학교 4학년 때 내가 꿈꾸던 모든 것이 전부 이루어졌어요. 그때 너무나 행복했어요.

박광수 승용 씨가 들어갔던 프로가 태평양이죠?

이승용 예. 1994년에 태평양으로 지명을 받았어요.

박광수 그 후로 태평양이 현대로 바뀌었고, 현대에 있을 때는 몇 번 우승했어요?

이승용 네 번이요.

박광수 그때 주전이었나요?

이승용 그렇죠. 1994년에 입단해서 LG하고 코리안 시즌부터요. LG의 내 또래가 서용빈, 유지현, 김재현. 신바람 야구에서 우승을 했죠. 그 친구들이 너무 잘하고 날고 길 때 저는 덕아웃에 앉아서 그걸 지켜봤어요. 그때 마음속으로 새긴 게 뭐냐 하면, 내가 은퇴를 하기 전에 LG와 저 멤버들이 있을 때 한국 시리즈에서 한번 붙자 하고 생각했죠. 그날은 정말 잘하고 싶다고 마음속으로 다졌거든요. 그리고 1996년에 현대로 바뀌고 해태랑 붙어서 우리가 준우승을 했어요. 그때 처음으로 이승용이라는 이름을 알리게 된 것 같아요. 1996년 태평양에서 현대로 바뀔 때 박재홍, 박진만 같은 신인들이 들어왔어요.

박광수 멤버들이 화려해지기 시작했군요.

이승용 세 명이 굉장히 잘 맞아떨어졌죠. 위재영도 한몫했어요.

박광수 잘 던졌죠.

이승용 어린애들이 굉장히 잘했어요. 1995년 시즌이 다 끝나고 고원부 코치라고 있어요.

박광수 재일 동포?

이승용 네. 그분한테 야구를 배우고 싶어서 2년 동안 숙소에 들어갔어요. 1994, 95년을. 95년 시즌이 끝나고 일본에서 한 달간 같이 훈련했었어요. 그때 고원부 코치가 나한테 "숭용아, 너는 지금 시합을 뛰면 타율 2할 8푼에 홈런 열 개에서 열다섯 개를 친다"고 말하는 거예요. 그 한계를 넘어야 슈퍼스타로 가는데, 그게 앞으로 내 몫이라는 거죠. 그래서 한 달 반 동안 하루에 스윙을 천 개씩 했어요. 말이 천 개지 한 달 반을 매일 천 개씩 하고 나니까 자신감이 생겼어요. 당시 김재박 감독님이 현대를 맡으면서 나를 시합에 뛰게 해줬요. 기회를 얻어 한 시즌을 뛰고 나니 제가 진짜로 고원부 코치님 말씀처럼 2할 8푼에 홈런 열두 개를 치더라고요.

박광수 딱 맞혔네요.

이승용 그러면서 그걸 또 넘어서야겠다 해서 정말 노력 많이 했어요. 그런데 그게 쉽지 않더라고요.

박광수 프로야구 명언 중에 이런 말이 있어요. '일상생활이 불편할 정도로 훈련을 하면 운동장에 가서 누구보다 자유로워질 수 있다'라는. 고원부 코치는 그걸 이야기하고 싶었던 거겠죠.

이승용 맞아요. 그래서 그 후로 더 많은 노력을 했어요. 나는 그동안 야구를 잘한 적이 없었기 때문에 너무 잘하고 싶었어요. 그런 간절함이 있었기에 노력을 많이 했어요. 그런데 오랜 선수 생활을 지나 은퇴하고 나서야 느끼는 것이, 모든 사람에게는 주어지는 것이 따로 있구나 하는 거예요. 1997년에 처음 3할을 치게 됐는데,

홈런을 많이 치고 싶어서 과감하게 타격폼을 바꿨어요. 늘 스스로에게 의문이 있었거든요. 나는 키도 크고 힘도 좋은데 홈런을 많이 못 때리는 것에 대해 공을 맞추는 것, 타율은 자신이 있었거든요. 작은 사람은 상대적으로 파워가 적으니 홈런을 많이 못 치잖아요. 하지만 나는 하드웨어가 좋으니 홈런을 많이 칠 수 있는 폼으로 바꿔야겠다고 생각하고 바꾼 거예요. 그런데 그게 실패를….

박광수 덩치가 크다고 무조건 홈런을 많이 칠 수는 없군요?

이승용 그럼요. 긴 시간 동안 폼도 여러 번 바꾸고 실패하면서도 꾸준하게는 성적을 냈지만, 전 특출나게 확 올라가는 선수는 아니었죠. 그래서 뒤늦게 '나는 홈런을 칠 수 있는 재능을 가지고 있지 않구나. 스피드도 그렇고, 손목힘도 그렇고 많은 노력을 했지만 노력에도 한계가 있구나'라는 생각을 했어요.

박광수 홈런의 8할의 힘이 손목힘 아닌가요? 손목힘이 가장 중요하지 않아요?

이승용 손목, 타이밍 모든 게 돼야 하죠. 저는 몰랐는데 저는 궤도로 치는 선수였어요.

박광수 스윙 궤적?

이승용 그렇죠. 스윙 궤적으로 치고 있었던 거예요. 그러니 홈런이 많이 나올 수 없었죠.

박광수 이승엽같이 홈런을 많이 치는 선수를 보면, 어떤 경우에는 엉덩이가 뒤로 빠져서 공을 때리는데 당연히 플라이볼이 될 것 같은 공이 담장 너머로 넘어가더라고요. 그때 전 그렇게 생각했거든요. 아, 저게 타고난 혹은 노력으로 얻은 손목힘으로 넘기는 거구나.

이승용 홈런을 잘 치는 사람은 그만의 뭔가가 있어요. 그런데 저는 그런 뭔가가 없었던 거죠.

박광수 제가 보기에는 8할이 손목힘, 나머지 배트 스피드 혹은 스윙 궤적, 이런 것이 조금씩 영향을 미치는 거 같은데요. 내가 보기에는 대부분 손목힘 같아요. 타고난 손목힘!

이승용 근데 홈런 타자들이 이야기하는 건 모두 달라요. 야구가 재미있는 게 정답이

없다는 거예요. 그래서 야구가 어려운 거죠.

박광수 지금까지 감독을 몇 명 정도 거쳤나요?

이승용 초등학교 때 두 분, 중학교 때 한 분, 고등학교 때 두 분, 대학교 때 한 분. 프로 와서 정동진 감독님, 김재박 감독님, 김시진 감독님, 이광환 감독님, 다시 김시진 감독님.

박광수 열 분이네요. 사람마다 각기 가르치고 작전 짜는 방법이 다르잖아요? 선수를 기용하는 방법도요.

이승용 아마추어 때는 작전이나 그런 거 몰랐어요. 아마추어 때는 번트 한 번 댄 적도 없었어요. 아마 그때는 나한테 사인이 나오지는 않았죠. 그때 당시에는 조금 방망이를 돌린다고 이야기했으니까 사인 자체가 없었죠.

박광수 만약 감독이 된다면, 이런 감독은 안되겠다 하는 것과 이런 감독이 되고 싶다 하는 게 있을 것 같은데요. 어떤 감독이 최악의 감독이었어요?

이승용 그렇게 딱 기준을 두고 말하긴 그렇고요, 내 원칙과 소신대로 하고 싶어요. 다른 건 다 필요 없고, 원칙과 소신이 있으면 모든 것이 해결된다고 생각해요. 왜? 성적이 외면하지 않으니까요. 예를 들어, 잘하는 선수가 있어요. 굉장히 잘하고 이름만 대면 다 아는, 그런데 그 선수가 번트를 실패했어요. 그 다음 날 그 선수를 불러서 번트 연습을 시키는 게 맞을까요? 안 맞을까요?

박광수 (눈치를 보다가)음, 번트 연습을 해야겠죠?

이승용 그렇죠. 모든 지도자가 그렇게 해야겠죠. 그런데 그렇게 못하는 지도자가 많아요. 그러면서 애꿎은 1.5군 선수들만 번트 연습을 시키죠. 그 선수 눈치를 보는 거죠.

박광수 스타 플레이어면요?

이승용 그렇죠. 우리나라 지도자들이 그렇게 해요. 그건 원칙이 없는 거죠. 그러니까 팀이 잘되려면 내 소신대로, 내 원칙대로 해야 선수들이 인정한다는 거예요. 적어도 저 감독과는 오래가고 싶다. 그러기 위해서는 소신껏 해야 하죠. 니네 야구로 돈 벌지? 그럼 열심히 해! 그게 중요한 게 아니라 내가 소신껏 원칙적인 것만을 선수들에게 보여주면 선수들 마음이 움직일 수밖에 없어요.

박광수 해설하는 건 어때요? 선수 시절에는 못 봤던 것들을 보게 됐나요?

이승용 하늘과 땅이에요. 선수할 때는 내 입장만 보게 돼요. 그다음으로는 넥센이라는 내 팀만 보게 되죠. 어떻게 하면 우리 팀이 이길까? 그러면서 시야가 좁아져요. 그때는 그게 내가 아는 야구의 전부였어요. 그런데 해설을 하고 나니 시야가 달라지더라고요.

박광수 경기 진행도 보게 되고요?

이승용 그동안 제가 알던 야구와 너무 다른 거예요. 전에는 몰랐던 것들이 지금은 하나부터 열까지 눈에 다 들어와요.

박광수 해설을 하니 새로운 야구가 시작되었군요. 선수 시절에 야구가 안될 때 나는 이런 짓까지 해봤다, 이런 거 있나요?

이승용 다 해봤죠. 술을 먹고 오바이트를 하고 시합을 뛴 적도 있고, 밤새 스윙을 하고 한숨도 안 자고 시합을 한 적도 있어요. 그런데 안될 때는 뭘 해도 안돼요. 그럴 때는 그냥 쉬는 게 좋은 것 같아요. 스트레스 받지 말고 좋은 생각만 해요. 그리고 선수가 안 맞는 걸 타격 코치가 빨리 찾아야죠. 예를 들어, 잘될 때와 안될 때의 녹화 장면을 코치와 선수가 함께 보며 대화를 하면서 함께 풀어나가야죠. 당장 안된다고 원인도 모르고 하는 운동은 중요하지 않아요. 선수 본인이 체력이 떨어졌는지, 아니면 밸런스가 안 맞는 건지, 원인을 찾아야 해요.

박광수 정신적인 코칭도 받나요? 정신과 의사와 함께 이미지 트레이닝을 하다든가 하는 것을요.

이승용 저는 그러한 것들이 경기력에 큰 도움이 된다고 생각해요. 야구는 멘탈 스포츠라고 이야기하잖아요.

박광수 점점 나이가 들면 후배들이 바라보는 위치가 되잖아요. 그런 위치를 유지한다는 것 자체가 힘들지는 않았나요?

이승용 저는 프로야구 18년을 하는 동안 단 한 번도 긴장을 늦춘 적이 없어요. 나이 먹고는 특히 더 그랬어요. 저는 해설할 때 팀의 중심이 되는 베테랑들이 잘하면 대놓고 매스컴에다 칭찬을 많이 해요. 어떤 팬들은 왜 이렇게 베테랑 이야기만 하냐며, 짜증난다는 팬들도 많아요. 전 그래도 베테랑 이야기를 많이 할 거예요. 베테

이승용
10

랑들이 잘해야 밑에 있는 선수들이 보고 배울 점이 많아지거든요. 그래야 발전이 있어요. 그리고 베테랑들이 잘해야 팀이 잘 돌아가죠.

박광수 야구를 보는 사람들이 베테랑한테 어떤 선입견을 가지고 있다고 생각하세요?

이승용 저뿐만 아니라 대부분의 선수들이 비슷하게 생각해요. 예를 들어 제가 못 치면, 사람들이 "쟤 갔다"고 이야기해요. 나이가 들어 배트 스피드가 떨어졌다고요. 어린 선수가 못 치면 "쟤는 지금 슬럼프니까"라고 말하며 기다려주죠. 베테랑 선수와 어린 선수의 차이가 그거예요. 베탕랑 선수도 슬럼프가 있는데 베테랑 선수들이 제 컨디션을 찾기까지의 시간을 안 준다는 거죠. 그래서 베테랑 중에는 아직 야구를 할 수 있는 기량을 지녔음에도 밀려서 은퇴하는 경우도 종종 있어요. 그게 안타까운 선입관이죠. 결국 그 모든 것을 이겨낸 사람이 야구판에서 전설로 남게 되는 거죠.

박광수 그런 노력을 많이 하죠? 나이 든 선수들이 배트의 무게를 줄인다든지 스윙 폼을 좀 간결하게 만든다든지, 어린 선수들이나 자신의 전성기에 비해 근력이 떨어지니까 그런 걸로 슬럼프를 극복해나가잖아요.

이승용 그럼요. 그런 방법도 있고, 자신만의 방법이 있어요. 그게 맞는 거예요. 안 그러면 옛날에 내가 이렇게 쳤는데, 몇 십 개를 넘겼는데라고 생각하며 변화를 수용 못하면 도태되는 거죠.

박광수 나이가 들면 경험은 훨씬 앞서지만, 어린 시절만큼은 신체 능력이 안되잖아요.

이승용 그렇죠. 나도 바뀌고 세상이 바뀌는 것을 빨리 캐치해야 해요. 선수들에게 늘 말해요. 네가 작년에 3할을 쳤어. 그리고 새로운 시즌이 돌아오면 작년 시즌 성적은 잊어야 된다고. 지난해에 3할을 친 건 결국 지난 이야기지 올해도 3할을 칠 수 있다는 보장은 어디에도 없다고요. 어떻게 될지 모른다는 거예요. 결국 올해 내가 어떤 성적을 내느냐가 가장 중요한 거죠. 그렇게 한 해 한 해를 벽돌 쌓는 마음으로 자만하지 않고 꾸준히 오랫동안 해야 많은 사람에게 인정받을 수 있어요.

박광수 꾸준한 성적을 내야 한다?

이승용 그럼요. 프로가 뭔데요? 그게 중요한 거예요. 프로야구 선수가 열심히 하는 건 기본이에요. 바로 보여주는 게 프로죠. 나한테 맞는 게 뭐냐, 나의 장점, 나의 단점을 빨리 파악해서 나의 장점을 살려야 프로야구에서 살아남을 수 있어요. 아쉽게도 전 그걸 조금 늦게 깨달았어요. 그래서 제가 지도자가 되면 선수들의 장단점을 빨리 파악해야겠구나, 라는 생각을 해요.

박광수 플레이어로서 은퇴하고 나서 가장 서운한 건 뭔가요? 제 생각에 이승용 선수는 실력이나 잘생긴 외모에 비해서 큰 인기는 없었어요. 그리고 올스타에 선정된 적도 없었고요.

이승용 정답은 하나죠. 야구를 못했으니까요.

박광수 너무 잔인하게 대답하는 거 아닌가요? 물론 타 팀에 같은 포지션에 더 잘하는 사람이 있긴 했지만, 그럼에도 불구하고 제가 보기에는 더 인기가 있었어야 했는데 그러지 못했던 것 같아요. 돌이켜 생각해보면 팀이 인기가 없어서 그랬나 싶기도 하고요.

이승용 어떻게 보면 그럴 수도 있죠. 태평양 때는 팀 성적이 나빠서 인기가 없었고, 현대가 인천에 있었을 때는 제법 인기가 있었어요. 하지만 수원으로 오고 팀이 넥센으로 바뀌며 목동으로 가면서 여러 가지 영향이 있었겠죠. 하지만 궁극적으로 따져보면 제 실력이 안됐어요. 그래서 나는 은퇴하면서도 내 야구 인생은 조연이라고 이야기한 게, 골든글러브를 타본 적도 없고, 개인 타이틀을 달아본 적도 없잖아요. 아무것도 내세울 게 없어요. 그러니 인기나 그런 건 당연하다고 봐요.

박광수 저한테는 최고의 선수였어요.

이승용 하나, 제가 정말 고마웠던 게 뭐냐면 제가 은퇴하는 순간 나를 위해 울어주는 팬들이 있었다는 거예요. 그리고 은퇴를 하고 나서 너무나 많은 사람이 은퇴식이 너무 감동적이었다고 말해줬어요. 그만두는 순간에 '아, 그래도 저 친구가 항상 꾸준하게 했고, 그래도 나름 멋있게 선수 생활을 했구나'라고 알아주는 사람들이 많더라고요. 그게 너무나 고맙고 행복했어요.

박광수 야구를 통해 인생에 도움이 된 것들이 있었나요?

이승용 많죠. 전 삶에 있어 가장 중요한 게 소통이라고 생각해요. 사람, 사람이 내 인생에서 가장 중요하다고 생각하는데 야구를 통해 사람을 얻었으니까요. 또

한 가지는 나만 그런지는 모르겠지만 야구를 했기 때문에 희생 번트와 같은 상황을 기본이라고 생각해요. 모든 사람이 야구를 보며 '아, 저 사람은 자신이 죽으면서까지도 희생해' 그걸 굉장히 크게 생각하잖아요. 저는 야구를 해서 그런지 살면서도 그걸 기본으로 생각하는 거죠. 그래서 그런지 금전적인 손해를 많이 보는 편이에요. 하지만 손해와 희생은 어떻게 보면 같은 거잖아요. 내 것만 챙기려고 그러지는 않는 것 같아요. 항상 '내가 좀 덜 갖지' 하는 생각을 하면서 지금까지는 그렇게 살아온 것 같아요. 그래서 아내가 늘 "오빠 돈 많이 벌어야 해" 하고 말하곤 해요.

박광수 그런 희생타를 잘 날려서요?

이승용 저도 좋은 환경은 아니지만 친구가 어려우면 돈 거래할 때 안 받을 생각으로 주고 그래요. 밥을 먹더라도 내가 밥값을 내야 편하지, 얻어먹는 건 불편해요. 그게 어떻게 보면 성격, 성향일 수 있어요.

박광수 하지만 모든 야구 선수들이 그렇지는 않잖아요!

이승용 저는 그렇더라고요. 야구를 통해서 배려라는 것을 많이 배울 수 있었어요.

박광수 야구 선수들을 만나보면 희한한 게, 플레이하는 것과 실제 삶의 색깔이 비슷해요.

이승용 맞아요. 선수가 플레이하는 스타일은 자신의 삶의 궤적과 비슷한 것 같아요. 제 생각에는 스타와 슈퍼스타가 있어요. 세상 사람들 모두가 인정하는 슈퍼스타는 몇 없어요. 야구도 그렇지만 세상에 스타는 많아요. 야구를 잘하는 사람도 많거든요. 하지만 내 마음속에 슈퍼스타는 몇 명 없어요.

박광수 이승용의 마음속의 슈퍼스타는 누군가요?

이승용 첫 번째가 이승엽 선수요.

박광수 이승엽? 그러게요 슈퍼스타는 슈퍼스타예요. 죽을 쑤고 있다가도 가장 중요한 순간에 한 번 빵 치더라고요.

이승용 그래서 슈퍼스타라고 생각해요. 사람에 대한 예의도 바르고, 저한테는 후배지만 슈퍼스타라고 생각해요. 집에 가면 이승엽 사인볼도 있다니까요.

박광수 선수가 다른 팀 선수의 사인볼을? 그렇다면 이승용씨가 생각하는 슈퍼스타의 덕목은 뭘까요? 기본적으로는 실력이 있어야겠죠. 실력이 없는데 슈퍼스타가 될 수는 없을 테니까요.

이승용 야구를 잘하면서 배려할 줄 아는 예의요.

박광수 팀 동료들이나 팀을 위해서요?

이승용 야구를 잘하는 사람들은 대부분 이기주의자예요. 못된 애들이 잘하죠. 팀보다는 자신의 개인 성적에 신경 쓰고, 이타적인 플레이를 안 하는 선수가 성적이 잘 나오는 경우가 대부분이에요. 착하고 온순한 그런 사람들은 대부분 야구 잘 못해요. 지금까지의 경험으로 봤을 때는 거의 그랬어요. 그런 면에서 이승엽 선수는 제게 슈퍼스타예요. 팀과 동료를 배려하면서도 자신의 야구도 잘하기란 생각보다 훨씬 어려워요.

박광수 야구 인생을 0에서 100이라는 숫자까지 선을 긋는다면 지금 얼마까지 왔다고 생각하세요?

이승용 50 정도요? 나름 선수로서는 박수 받고 떠났어요. 다행히 후배들한테 욕은 많이 먹지 않았어요. 몇몇 선배들은 나를 욕하는 경우가 좀 있는 걸로 알아요. 그런데 후배들이 나를 욕하는 경우는 그렇게 많지 않은 것 같아요. 이제는 세대가 바뀌어서 후배는 선배들한테는 인사만 잘하면 되잖아요. 그러면 선배는 후배 욕 안 해요. 그런데 후배들은 달라요. 아무리 맛있는 걸 사주고 친한 척하고 잘해줘도 선배가 선배라고 느껴지지 않으면 표현을 하죠.

박광수 유명 프로야구 선수가 이런 말을 했어요. 내가 열심히 하는 것도 중요하지만 다른 이들에게 기회를 안 주는 것도 무척 중요하다고.

이승용 당연한 거예요. 아프다고 하루 이틀 쉬다 보면 이름도 모르는 애들이 올라와서 정말 잘하거든요.

박광수 그러다가 밀리기 시작하죠. 나이에 밀리고, 세월에 밀리고. 어느 바닥이나 다 비슷한 거 같아요.

이승용 그리고 요즘 애들은 우리가 야구할 때랑 정신적인 게 달라요.

박광수 어떤 게 다르죠?

이승용 전 보여지지 않아도 게임을 뛰었어요. 내가 서른셋, 서른넷에 게임을 뛰었거

든요. 이백 몇 게임을. 그날 쓰러져도, 시합 나가서 눈이 밤탱이가 돼도, 그 다음
날 시합 나갔고 어떻게 하든 시합을 나가야 한다는 게 제 원칙이었어요. 그래서
나는 3할 못 쳤어요. 2할 9푼 3리인가 2할 9푼 4리인가 쳤어요. 내가 조금만 조율
했으면 3할을 칠 수 있었을 거예요. 하지만 난 3할보다 그 시합에 임하고, 내가
뛰면서 팀에 도움이 되고, 지금 이겨야 한다는 것 자체가 제 개인 타율보다 더 값
어치가 있었어요. 근데 요즘 애들은 안 그래요. 조금 어디 안 좋으면 코칭 스태
프한테 안 좋다고 말하고 쉬어버려요. 우리 때와 너무 달라서 요즘 애들한테 “왜
요즘 야구는 전 경기를 뛰는 애들이 없냐?”라고 물어요. 그럼 대수롭지 않게 대
답해요. “선배님! 전 경기 뛰면 뭐해요? 전 경기 뛴다고 딱히 알아주는 사람도 없
고 연봉을 더 주는 것도 아니잖아요.”

박광수 어떤 게 더 낫다고 생각하세요?

이숭용 어떤 게 맞다고 말할 수는 없어요. 하지만 나는 그렇게 야구를 했고 그렇게 배웠
어요. 내가 그렇게 했던 건 당시의 내가 그게 맞다고 생각했기 때문이에요. 요즘
야구는 안 그래요. 아플 땐 조절하고 쉬어야 성적도 올라가고, FA로 큰돈도 벌
고. 그건 틀린 게 아니라 다른 거죠. 풍토가 달라진 걸 우리 때와 다르다고 뭐라
이야기할 수는 없잖아요.

박광수 이제, 마지막 질문을 할게요. ‘얘는 똘망똘망하고 무척 좋은 선수가 될 것 같아’
라고 생각하는 현역 신인 선수를 말해주세요. 그리고 왜 그 친구가 잘할 거라 생
각하는지 그 이유도 설명해주시고요.

이숭용 넥센의 서건창이요.

박광수 그 선수는 이미 잘하잖아요.

이숭용 그렇지요. 하지만 지금보다 더 잘할 거예요. 그 선수가 벤치 멤버에서 지금만큼
올라갈 수 있었던 원동력을 절박함이라고 생각해요. 저는 중계를 할 때도 그렇
고 모든 사람한테 절박함이 없으면 성공 못한다고 이야기해요. 나 또한 그랬어
요. 나도 이거 아니면 안되겠다, 정말 죽을 각오로 해야겠다 하는 그런 절박감이
없으면 안되더라고요. 서건창 선수는 처음에 LG에 입단했어요. 그리고 고등학
교 때부터 야구를 잘했대요. 그런데 집안 형편이 힘들어서 대학교에 안 가고 LG

로 바로 입단했어요. 그가 지금의 절박함을 오랫동안 기억한다면 계속해서 좋아질 거예요.

박광수 승용 씨가 은퇴하고 넥센에 들어온 선수인가요?

이승용 네. 신규 선수가 들어와서 캠프에 갔는데 사람들이 눈여겨보라고 말해줬어요. 야구도 잘하고 가장 중요한 건 혼자 스스로 풀어나가는 능력도 갖춘 보기 드문 신인이라고 하더군요. 그래서 이런저런 이야기를 해봤는데 선수로서의 마인드도 괜찮아요. 그리고 시간이 지나 알게 됐는데 스스로의 절박함이 있더라고요. 자기가 벌지 않으면 집안이 힘들기 때문에 죽을 각오로 하는 거죠. 그런 친구들이 잘해요.

박광수 청년 가장이군요.

이승용 그런 친구들은 한눈 팔지 않고 모든 생활 패턴을 야구에다 맞춰요. 집안 환경이 그렇게 만드는 요인이 되기도 하지만, 집안 환경과 상관없이 그런 친구들도 있죠. SK 최정, 그 친구도 모든 게 야구에 맞춰져 있어요. 롯데의 손아섭도 그렇고. 그런 친구들은 시합 끝나면, 잘했거나 못했다 싶으면 집에 가서 자신의 플레이를 매일매일 챙겨 봐요. 내가 왜 못 쳤을까, 내가 오늘 왜 잘 쳤을까를요. 자신의 문제점을 아는 선수는 계속 나아지게 되어 있어요.

박광수 자기 반성을 많이 하는군요.

이승용 굳건하게 오랫동안 야구를 하기 위해서는 야구를 알고, 스스로 풀어갈 줄 알아야 하고, 팀에서 자기 역할을 해야 한다고 이야기해요. 흔히 팬들이 그래요. 자기 역할이 도대체 뭐냐? 자기 역할이란 거 간단해요. 자기한테 주어진 환경에서 뭘 할 것인가, 내가 이 순간 뭘 해야 팀에 도움이 되는지 그 역할을 찾는 거예요. 서건창 선수한테는 홈런 치라는 이야기 안 해요. 출루가 팀에서 그에게 바라는 거예요. 그럼 내가 어떻게 출루를 할까 연구하는 거예요. 기습 번트 연습도 많이 하고 자신의 장기를 살려야죠. 야구는 노 아웃에 주자가 1루에 있을 때 볼넷을 나가는 것과 안타를 치는 것 중, 볼넷으로 나가면 득점할 수 있는 확률이 더 높아요. 흔히 사람들은 무조건 안타가 좋은 거라고 생각하지만 꼭 그렇지 않은 경우가 야구에는 존재해요.

박광수 그래요?

이숭용 중요한 걸 보자는 거예요. 1번 타자가
해야 할 일이 출루예요. 그럼 원쓰리나
투볼 상황에서 걸어나갈 수 있다면 안
치는 게 맞는 거죠. 그 상황이 팀의 득
점 확률이 더 높아요. 서건창 선수는 그
걸 할 줄 알아요. 그러니 감독이 좋아
할 수밖에 없어요. 그리고 또 한 명은
롯데의 1루 보는 박종윤 선수죠. 그 친
구는 10년 동안 백업만 해왔어요. 이대
호라는 그늘에 가려서 시합을 한번도
해본 적이 없어요. 나이가 서른한 살인
가, 서른두 살인가 그렇거든요. 근 10
년이라는 시간을 어떻게 해왔는지 그
걸 보자는 거예요. 무명으로 들어와서
1군의 백업 요원이나 그것도 아니면 2
군 가는 그 생활을 10년 동안 해왔어요.
그냥 10년이 아니라 노력한 10년이라
는거죠. 그래서 이제 색깔을 내기 시작
했어요. 그래서 전 "박종윤이 좋습니
다. 잘했으면 좋겠습니다"라고 해설하
면서 대놓고 말해요. 편파적이라고 그
런 저를 나무라는 분들도 계시지만 이
런 선수들이 잘해야 밑에 있는 선수들
에게 꿈과 희망을 주는 거예요.

박광수 비슷한 처지에 있는 친구들에게도요?

이숭용 그렇죠. 김상현도 마찬가지예요. 김상

현도 어렵게 어렵게 기아 가서 홈런왕 했잖아요. 얼마나 2군 애들에게 꿈과 희망을 줬겠어요?

박광수 나도 저렇게 하면 되겠구나 하는 메시지를 줬겠군요.

이숭용 그게 중요하다는 거죠. 메시지를 남겨줘야 한다는 거죠. 이제 야구는 승패도 중요하지만, 문화가 되어버렸어요. 그 안에 감동도 있고. 이제는 팬들도 인식이 많이 바뀌었고, 내가 원하는 팀이 이기는 것만 중요한 게 아니라 지더라도 박수 쳐주고 또 못하는 선수는 일으켜 세워줄 수도 있고, 절박한 선수가 올라오면 같이 기뻐해주고, 은퇴하는 선수들은 눈물 흘리면서 보내줄 수도 있어요. 이 모든 게 문화가 됐어요.

박광수 본인이 감독이 된다면 팀 캐치프레이즈는 무엇으로 할 건가요?

이숭용 기본! 원칙! 성실히 하면 되는 플레이, 기본기 그걸 심어주고 싶어요.

인터뷰를 마치고 나서 이숭용 선수가 했던 말 중 여러 가지가 기억에 남지만 가장 크게 기억에 남는 것이 있었다. '프로가 열심히 하는 것은 당연한 것'이라는 그의 말. 그에게는 너무나 당연한 일이어서 그는 내게 흘리듯이 이야기했지만, 내게는 큰 울림이 되었다. 그는 야구선수라는 직업으로 프로였고, 나는 만화가라는 직업으로서 프로였다. 분명 분야는 다르지만 서로가 스스로를 프로라고 여기며 살아왔기에 그냥 지나칠 수도 있었던 그의 말이 내 마음 한구석을 불편하게 했다. 늘 스스로를 프로라고 말해왔지만, 이숭용 선수가 말했던 것처럼 프로로서 최선을 다해 열심히 해왔는지 끝내 마음에 걸렸다. 지난날을 솔직하게 돌이켜보건대 난 그러지 못했다.

야구 중계를 보며 3루수 앞 땅볼을 치고도 1루까지 전력 질주하는 선수를 보며 얼마나 칭찬을 많이 했던 나였던가. 또한 같은 상황에서 1루까지 걸어가는 선수를 보며 프로답지 못하다고 혀를 차던 나이지 않았던가. 사회인 야구 감독을 하면서 팀원들에게 3루 땅볼을 치더라도 1루 베이스까지 최선을 다해 뛰어야 한다고 늘 말했었다. 그래야 3루수가 타자 주자의 그런 모습을 보고 급한 마음으로 1루에 공을 던지게 되고, 급하게 던진 공은 악송구가 될 확률이 많아진다고. 그렇게 됨으로써 타자 주자는 자신이 살아 나갈 수 있는 확률을 높인다고 말이다. 타자 주자가 천천히 뛰면, 수비는 그만큼 수비하기가 여유로워진다. 여유로워진다는 것은 송구가 더 정확해진다는 것이다. 그렇게 되면 당연히 타자 주자가 1루에서 살아 나갈 수 있는 확률은 더욱더 줄어들기 마련이다. 비록 1루에서 죽을 것을 안다고 해도 살 수 있는 확률을 높이기 위해서 최선을 다해 1루까지 뛰라고 말한 것은 나였다.

난 다시 운동화 끈을 잘 조여매고 분명히 죽는다 해도 1루까지 최선을 다해 뛸 것이다. 왜냐하면 나는 프로니까. 프로는 언제나 열심히 하니까.

NEXEN
KYOCERA   리딩투자증권   맥콜   진진바라
이숭용
10

리아비바생

Wyverns

INTERVIEW 03
sk 배수현

I LEARN
MY LIFE
FROM
BASEBALL.

박광수 간단히 자기소개 부탁 드려요.

배수현 배수현, 서른이에요.

치어리더 일을 시작한 지는 올해 11년 차.

박광수 프로야구만 하는 게 아니라 농구도 하죠?

배수현 겨울에는 할 게 없잖아요. 야구가 여름에 하니까 겨울부터 봄, 야구 시작하기 전까지나 야구 초반까지는 농구나 배구를 하죠.

박광수 SK농구, SK배구, SK야구?

배수현 아뇨. 농구는 전주 케이씨씨, 배구는 구미 LIG.

박광수 그럼 SK 소속이 아니군요? 회사를 꾸리면서 파견 나가는 식인가요?

배수현 아무래도 용역회사이다 보니 구단과 계약을 맺으면 거기서 치어리더들을 뽑아 계약하기도 해요.

박광수 몇 분이 계세요?

배수현 저희 팀에는 지금 치어리더만 저까지 포함해서 아홉 명이 있어요.

박광수 농구, 야구, 배구 중 어느 종목이 가장 좋아요?

배수현 솔직히 저는 야구가 좋아요. 처음 야구 치어리더로 시작했고, 아버지가 야구를 좋아하셔서서 어렸을 때부터 야구장에 많이 다녔어요.

박광수 치어리더는 응원을 주도하는 역할을 하잖아요. 농구, 배구, 야구를 할 때 어디가 제일 호응이 좋은가요?

배수현 솔직히 농구가 팬 호응은 가장 좋아요. 아무래도 제가 맡은 팀이 전주이다 보니 지방 팬들을 많이 보는데, 그들은 자기 지역에 대한 애착이 강한 편이에요.

박광수 SK 와이번스도요?

배수현 그렇죠. 한국시리즈 5년 연속 진출하고 우승도 세 번이나 했으니까요.

박광수 우승할 때도 치어리더 팀이었어요?

배수현 그럼요.

박광수 그때 느낌은 어땠어요? 선수들만큼이나 기뻤나요?

배수현 전 울었어요. 2007년에 처음 우승할 때는 늘 5위, 꼴등만 하다가 갑자기 그렇게 우승을 하니까 실감이 안 났어요. 그런데 2008년에도 우승하니 '와! 진짜 2연패다! 진짜 대단하다' 하는 생각이 들더라고요. 너무 감격스러워서 눈물밖에 안 나왔어요.

박광수 치어리더를 하면 모든 선수를 응원하지만 그래도 특별히 애착이 가는 선수도 있겠네요?

배수현 제가 원래 김재현 선수를 좋아했거든요. 근데 그 선수가 2011년에 은퇴했잖아요. 그리고 투수 정상호 선수요. 박경환 선수도 좋아하고요.

박광수 이 일을 하다 보면 애환도 있을 거 같아요. 내가 응원하는 팀이 이겼을 때는 당연히 기쁠 테고, 관중들이 내 손짓에 따라 일사불란하게 움직여도 행복할 것 같은데요.

배수현 그렇죠. 치어리더라는 게 관중들에게 기쁨을 주고, 우리가 즐겁게 응원할 때 팬들이 더 신나서 응원하게 되고, 그러다 우리 팀이 이기면 더없이 행복해요. 아마 저뿐만 아니라 모든 사람이 같을 거예요.

박광수 제일 기쁠 때는요?

배수현 악순환이 이어지다가 팀이 승리했을 때요. 역전 승리 말이에요. 비 쫄딱 맞고 경기했을 때 이기거나 홈런 혹은 끝내기 안타로 경기를 끝내는 거죠!

박광수 경기 도중에 비가 와서 중단되면 급여는 나오나요?

배수현 아뇨. 5회까진 무조건 버텨야 해요.

박광수 5회에 경기가 취소되면 안 주고 5회만 넘으면 나오나요?

배수현 네.

박광수 그럼 5회 지나서 우천으로 취소되면 기쁘겠네요?

배수현 그게 좀 낫죠. 당연히 좋죠.

박광수 상대편이 이겨도요?

배수현 그건 싫어요. 비도 오는데 우천 콜드패로 우리 팀이 지게 되면 정말 짜증나죠. 돈이 아니라 자존심 문제예요. 내가 맡은 팀인데, 비 때문에…. 무슨 하늘의 뜻도 아니고 패를 안겨주니까요.

박광수 야구장에 가면 야구는 전혀 보지 않고 치어리더만 보는 사람도 있을 것 같아요. 그런 시선이 부담스럽지는 않나요?

배수현 그렇죠. 예전에는 몰래 이상한 사진 찍어 올리는 경우도 많았어요. 요즘은 야구 문화나 매너가 많이 좋아져서 그런 경우가 적지만 불과 몇 년 전만 하더라도 치마 밑으로 카메라를 들이밀어 사진을 찍어 유포하는 경우도 있었죠.

박광수 사직구장에 갔을 때는 치어리더가 물병을 맞기도 했다면서요?

배수현 사직구장도 그렇지만, 지방 경기 때 응원하는 분들 중 간혹 그런 경우가 있어요. 하지만 모두가 그런 건 아니죠. 소수의 사람들 때문에 모두가 피해를 보는 경우가 생기는 거예요.

박광수 우승하면 보너스도 주나요?

배수현 저희는 없어요. 그냥 연봉, 한 달 월급. 경기 몇 개 뛰면 인센티브 이런 식으로 나오니까 어떻게 보면 정말 환경이 열악해요.

박광수 우승에 대한 혜택이 전혀 없다니 아쉽네요.

배수현 사람들한테 "배수현, 돈 정말 많이 벌겠다" 그런 이야기를 많이 들어요. 보통 사람들은 그렇게 생각하는 것 같더라고요. 경력도 가장 오래됐고, 한 팀에 가장 오래 있었고. 우승할 때마다 있었고. 코리안 시리즈 올라갈 때마다 있었으니까요.

박광수 그럼 보너스는 아니더라도 우승한 이듬해에 계약할 때는 연봉을 올려주지 않나요?

배수현 올려주기도 하죠. 매해 연봉 계약을 하니까 올려달라고는 하죠. '나 작년에 이만큼 했는데, 이만큼 주세요' 하면 그렇게 하는 경우도 있고, 안되는 경우도 있어요.

박광수 한 경기당으로 받아요? 아님 월급으로 받나요?

배수현 경력자에 따라 다르고, 본인이 받고 싶어 하는 방식에 따라 달라요. 일당으로 받으면서 투잡을 뛰는 친구도 있고, 저처럼 경력이 좀 되거나 오래 한 사람은 연봉으로 받는 경우도 있어요. 하지만 선수들이 경기를 뛰는 것만큼 체력 소모가 대단해요. 어떨 때는 몸이 너무 아파도 응원 무대에 서야 하거든요. 어떻게 보면 야구장에서는 10번 타자이고 농구장에서는 여섯 번째 선수인 셈이죠. 환경이 열악하기 때문에 오히려 몸 관리를 더 열심히 해야 해요.

박광수 아홉 명이 로테이션하지 않나요?

배수현 농구 같은 경우는 아홉 명이지만 야구는 여섯 명, 일곱 명이 해요.

박광수 네 명 정도밖에 안 올라오는 것 같던데요?

배수현 평일에는 네 명, 주말에는 여섯 명이 올라가요. 다른 구단과 차별화를 하기 위해서죠.

박광수 다른 구단은 통상 평일에 가면 응원단장 한 명, 치어리더 네 명으로 다섯 명이 한 조더군요. SK는 아홉 명이 한 소속사라 하던데요.

배수현 보통 오디션을 보고 그중에서 인원을 추려요. 근데 경쟁이 심해지니까 자기 실력을 쌓을 수밖에 없어요. 시즌 시작해서 아프거나 해도 참고 경기를 뛰어야 해요. 제 경우에는 척추전방전위증이 있어서 척추뼈가 살짝 어긋나 있어요.

박광수 원래 그런 건가요? 아님 다친 거예요?

배수현 이 일을 계속해서 그런 것 같아요. 무릎 연골도 안 좋아지고 발목 부상도 잦아지고.

박광수 직업병이군요. 계약을 매년 갱신하나요?

배수현 그렇죠.

박광수 시즌이 끝났는데 딴 쪽에서 오퍼가 들어와, 이를테면 LG를 하게 된다든지 그렇게 되면 어떨 것 같아요?

배수현 음…. 그럼 안 할래요.

박광수 치어리더 생활을 안 하겠다는 거예요? 직업이잖아요. 프로야구 선수도 그전에는 프랜차이즈 스타라고 하다가 말년에는 소속팀를 옮기기도 하고. 김제현 선수 같은 경우도 그전에는 LG에서 거의 붙박이로 뛰다가 나중에는 SK로 갔잖아요. 그래서 옮기고부터는 전 소속사와 상관없이 열심히 뛰다가 은퇴한 케이스죠.

배수현 하지만 저는 이 팀에 대한 애착이 너무 강해서요. 물론 어쩔 수 없이 가게 되는 경우도 있겠죠. 저도 먹고살아야 하니까. 그래도 이왕이면 SK에서 남고 싶어요. 정말 어쩔 수 없이 팀을 옮기게 된다면 프로답게 열심히 하겠죠.

박광수 어렸을 때부터 치어리더가 꿈이었어요?

배수현 춤추는 게 좋아서 춤을 계속 췄는데, 고등학교 때 인터넷에서 SK 와이번스 치어리더 언니들의 기사하고 사진을 보고 처음에는 호기심으로 오디션을 봤어요. 춤 잘 추니까 잘할 수 있을 것 같아서 면접 보고 바로 경기에 들어갔죠.

박광수 농구, 배구, 야구의 응원 안무는 각기 다른가요?

배수현 야구의 경우는 단상이 길고 폭이 좁아 자리 이동이 별로 없어요. 그러다 보니 자리를 파트너끼리 바꾸거나 앞뒤로 바꾸는 경우밖에 없어요. 대신 난이도는 조금 높아요. 어필할 수 있는 공간이 좁기 때문에 표정이나 손짓 등에 더 신경을 써야 해요. 요즘 말로 유혹하듯이 섹시하고 귀엽게, 요염하게요. 농구장에서는 네모난 코트 안에서 퍼포먼스 형식으로 표현해요.

박광수 단상이 좁아서 떨어지거나 크게 다치기도 하나요?

배수현 단상 군데군데 개인 단상이라고 조그마한 미니 단상이 있어요. 응원석 사이드에 있는 사람은 무슨 일이 일어나는지 모를 거예요. 그래서 SK 구단만의 특별한 이벤트로 개인 단상을 만들고 치어리더를 투입해요. 수비 때는 모여 있다가 공격 때는 미리 가서 "같이 응원하세요" 하고 말하면 "에이, 안 보

여” 하다가도 사람들이 모두 일어나요. 나중에는 우리가 신나서 하면 같이 따라 해요. 그런데 그 단상이 정말 좁아요. 아마 밥상 정도 되는 크기일 거예요. 거기서 방방 뛰면 사실 많이 위험하죠. 발목을 주로 다치는데 비 오는 날에는 미끄러우니까 더 잘 접질리죠.

박광수 본인이 구단 관계자라면 치어리더를 위해 어떤 부분을 개선하고 싶어요?

배수현 저희는 계속 뛰어야 하잖아요. 수비 때도 코리안 시리즈에는 무조건 단상에다 올라가서 응원을 해야 해요. 투수가 공을 던질 때나 안 할 때나 이닝이 바뀔 때나, 그때는 무조건 다 나가서 팬들이랑 응원을 해야 해요. 그러니까 경기에 집중해야 되고, 앉아 있다고 해서 수다를 떨거나 거울을 볼 시간조차 없어요. 근데 너무 추우니까 앉아 있기가 힘들어요. 전기방석도 주고 옷도 껴입고 핫팩도 붙이는데 어쩔 수가 없더라고요. 그런 부분을 좀 개선하고 싶어요.

박광수 또 개선하고 싶은 건 없나요? 후배들과 지금의 자신의 상황을 위해서라도.

배수현 여름에는 더우니까 치어리더만을 위한 샤워실이 있으면 좋겠어요. 큰 것은 바라지 않지만 한 칸의 샤워실이라도.

박광수 음, 이 인터뷰를 SK에서 보고 샤워실을 만들어주면 좋겠네요. 앞으로 이 일을 할 수 있는 나이가 어느 정도 될까요? 선배들을 보면 대략 언제쯤 은퇴한다, 이런 거 없나요? 결혼을 하면서 은퇴를 하거나, 마흔에는 못할 거 아니에요.

배수현 별로 생각을 안 해봐서 잘 모르겠는데 서른하나, 둘이 제일 많아요. 그때까지만 하고 많이들 그만두는 것 같아요.

박광수 그럼 본인은 서른하나, 둘 넘어서면 어떻게 할 생각인가요? 직접 치어리딩을 하지 않아도 핸들링하는 일도 할 수 있지 않나요?

배수현 두 가지 방향인 것 같아요. 아예 일을 그만두거나 아니면 팀을 서포트해주는 식으로 일하거나.

박광수 만약 남자친구가 이 일을 반대하면 어떡할 건가요? 내 여자가 치어리더 복장을 하고 사람들 앞에서 춤추는 거 보기 싫다고 하는 남자가 열 명 중에 일곱 명은 될 것 같은데요.

배수현 제 일을 반대하는 사람은 만나고 싶지 않아요. 제가 자긍심과 책임감을 갖고 하는 일이잖아요. 단상이나 코트에 섰을 때 제가 가장 행복하다면 그런 나를 존중해주고 내 생각을 이해해줄 수 있는 사람을 만나고 싶어요. 치어리더는 비록 남을 응원하지만 어떻게 보면 나 자신을 응원하는 일이기도 하잖아요. 일을 반대한다면 "헤어져"라고 말할 거예요.

박광수 연예인처럼 팬클럽도 있죠? SK 치어리더 중에는 누가 제일 팬이 많아요?

배수현 어린 친구들. 파릇파릇한 어린 친구들이요.(웃음)

박광수 수현 씨도 어려 보이는데. 건강미도 있어서 젊은 사람들에게 뒤처지진 않을 것 같아요.

배수현 어리고, 얼굴 예쁘면 다 좋아해요. 저의 경우는 좋아한다기보다는 가족처럼 느끼는 듯해요. 너무 오래 있다 보니까, 쟤 올해 또 있네, 매년 있네, 쟤 몇 살이더라, 쟤 스무 살 때 봤는데 진짜 오래 있다 이런 거죠. 저 같은 사람이 없으면 오히려 이상한 거죠.

박광수 얼굴을 알아보는 사람도 많나요?

배수현 많죠. 제 열성팬들도 꽤 많아요. 야구장에는 한 사람만 오는 게 아니라 몇 천 명, 몇 만 명이 오잖아요. 그중에는 야구를 모르는 사람도 있고 골수팬들도 있어요. 저 같은 경우에는 너무 옛날부터 팀에 있어서 골수팬들도 잘 챙겨주세요.

박광수 어떻게 챙겨주나요?

배수현 아프면 제일 먼저 챙겨주세요. 그날 제 표정만 보고도 아세요. 아무리 웃고 있어도 뭔가 좀 이상한 느낌이 있대요.

박광수 그건 정말 가족만 알 수 있잖아요?

배수현 속이 안 좋다고 하면 잠깐 앉아서 쉬고 있을 때 그 자리에서 손을 따주세요. 싸온 음식 주시며 체했으니까 지금은 먹지 말고 이따 배고프면 먹으라고 두고 가세요.

박광수 우리가 보지 못하는 정이 있네요.

배수현 그렇죠? 남들은 팬이라며 한번 사진 찍고 그만이지만, 저 같은 경우는 가족처럼 챙겨주는 분들이 많아요. 한번 좋아하고 마는 게 아니라 가족처럼 늘 챙겨주고 안 좋은 일이 있으면 도와주기도 하고요.

박광수 평소에 연습을 많이 하나요?

배수현 많이 하죠. 주말이나 공휴일에는 두 시 경기를 하기도 하고, 보통 다섯 시 반에 경기하고 평일에는 여섯 시 반에 경기를 해요. 여섯 시 반 경기면 한 세 시 반까지는 야구장에 와서 화장하고 옷 입고 머리하고 밥 먹고 스트레칭 좀 하다가, 안무 안되는 거 연습하기도 하고 준비 과정이 좀 있어요.

박광수 여자들은 야구 룰을 모르는 경우가 많잖아요. 요즘이야 붐업이 되어서 그나마 좀 덜하지만 아직도 야구에 관심 없는 분들도 많고요. 수현 씨는 룰에 대해 잘 아나요?

배수현 그럼요!

박광수 일반 사람들보다는 많이 알죠?

배수현 경기를 6일 동안 하면 6일 동안 야구만 보는 거잖아요. 그러러면 이때쯤엔 이렇게 하면 되겠다거나 이때쯤에는 이렇게 하겠다라는 정도는요.

박광수 그런 것도 있겠어요. 감독처럼 여기서 대타를 써야지 하는 생각도 들겠네요?

배수현 그렇죠.

박광수 야구가 여자들이 접근하기에는 룰이 좀 어려워서 조금 힘들죠? 처음부터 야구를 알고 봤어요?

배수현 아빠 때문에요. 아빠한테 "아빠, 이건 왜 뛰어?"라고 물어봤죠. 어릴 때는 모르니까요. 어릴 때는 야구장에 왜 갔냐 하면 아빠가 먹을 거 사주니깐 그게 좋아서 갔어요.

박광수 아빠가 완전 광팬이신가 봐요.

배수현 네. 특히 인천 야구를 좋아하셨어요. 그런데 제가 치어리더한다고 했을 때 아버지가 처음엔 떨떠름하셨어요. 하지만 지금은 인정받고 잘하니까, 친구분들과 야구장에 오면 딸 자랑도 하세요.

박광수 아빠가 오면 신경 쓰이지 않아요? 더 열심히 하나요? 아니면 신경 쓰여서 잘 못하나요?

배수현 그냥 찾아봐요. 어디 앉아 있나 하고. 공 맞으면 어떡하나. 왜냐하면 파울볼이 엄청 아파요. 사람일이 어떻게 될지 모르잖아요. 그리고 파울볼이라고 하면 사람들이 막무가내로 덤비니까 걱정돼서 자꾸 봐요. 못 찾겠으면 옷 갈아입는 시간에 아빠에게 전화해요. "아빠 어디에 있어?" 하고 물어보면 "외야에 있다" 그러세요. 그러면 파울볼 조심하라고.

박광수 경기장에서는 뭘 먹어도 참 맛있어요. 경기장에 있는 음식들이 밖에선 경쟁력이 떨어지는데 안에서는 안 그래요. 응원하는 분들은 공식적으론 못 먹죠?

배수현 저희도 경기 전엔 잘 안 먹어요. 몸매 관리 때문에요. 배가 드러나는 옷을 입으니까. 밥을 먹고 바로 뛰면 속이 좀 안 좋고 소화도 안되고 그래서요. 옷 갈아입으러 들어오면 팬들이 우리 들어가는 시간을 아니까 먹을 것을 주세요. 빵, 치킨, 스태프 핫도그, 떡볶이, 만두, 닭강정 이런 걸 주세요. 매점 아줌마들도 고생하는 걸 아니까 불러서 먹고 가라고. 봉지에 미리 준비를 해두세요. 빨리 가야 하니까 가져가라고요. 급하게 먹고 나와요. 정말 배고플 때는 먹고 싶어도 못 먹어요. 시간이 없을 때는요. 야구장에서 치맥 한번 먹어보는 게 소원이었어요.

박광수 시범경기에 아빠하고 가면 되겠네요.

배수현 그래서 작년에 많이 갔었어요. 작년에는 시범경기에 다 갔어요.

박광수 시범경기 때 아빠랑 가면 기분이 어때요? 옛날에 아빠랑 갔을 때랑 지금 직장으로 있으면서 아빠랑 가는 건 기분이 많이 다를 것 같은데요.

배수현 그럼요. 어색하기도 하고….

박광수 처음엔 아빠가 데려가주신 곳인데, 이젠 내 직장에 아버지를 모시고 온 듯한 느낌?

배수현 그렇죠.

박광수 야구가 왜 좋아요?

배수현 재밌어요. 야구 보고 있으면 배울 게 많은 것 같아요. 뭐랄까, 야구 같은 경우 멘탈 스포츠잖아요.

박광수 모든 스포츠가 멘탈 스포츠죠.

배수현 그렇긴 한데, 야구는 솔직히 투입 인원도 많고 공 하나, 내가 하는 스윙 하나에 집
중을 해야 하잖아요. 그러려면 얼마나 많은 집중력이 필요하고 얼마나 많은 시
간을 쏟아부어야 하는데요. 이렇게 하기 위해 나름 경쟁을 해서 훈련하고, 다치
기까지 하면서 그 무대를 밟는다는 것도 책임감이 있다고 느껴졌어요. 또 하나
는 공 하나에 내 가족을 살리고, 공 하나에 돈을 벌고, 공 하나에 명성을 쌓고, 공
하나에 내 이미지가 왔다 갔다 하고 그런 것에 대한 절실함. 포기하지 않고 그런
시행착오를 겪어서 결국 한 사람으로 완성되기까지 그런 정신이 너무 배울 게 많
다는 생각이 들어서 야구를 보고 있으면 괜히 뭉클해지고 그런 게 있어요.

박광수 음.

배수현 그리고 야구장이 너무 편해요. 내가 한 구장에 오래 있어서 그런가 봐요. 내 자
리, 내가 서는 자리가 있어서 그런 건진 모르지만 멀리서 보면 제가 너무 작게 느
껴지는 거예요. 외야에서 한번 제 자리를 본 적이 있었거든요. 아무도 없는 텅 빈
외야석에서 제 자리를 보니까 제가 서 있는 그 자리가 너무 초라하고 작게 느껴
지더라고요. 내가 저기서 정말 방방 뛰어야겠다, 내가 가진 걸 모두 쏟아내야겠
구나, 내가 어떻게 지금까지 저기서 일했을까라는 자신에 대한 뿌듯함을 느끼면
서도 스스로 반성도 많이 해요. 야구장은 배움의 일터인 것 같아요.

박광수 치어리더가 되려면 뭘 타고나야 하나요?

배수현 치어리더가 되려면 리더십이 중요하죠. 저를 보는 사람도 있고 다른 사람을 보
는 사람도 있기 때문에 제 앞에 있는 사람들은 제가 휘어잡아야 해요. 쇼맨십도
좀 있어야 하고 스타성도 있어야 하고. 내가 하는 일에 대한 열정을 어필하는 것.
그러니까 제가 가진 이런 열정을 남에게 보여줘야 하는 일이기도 해요. 제가 이
일을 언제까지 할지는 모르겠지만, 하는 동안은 야구라는 스포츠를 통해서 우리
의 모습도 보여주고 우리를 통해서 다른 사람들을 일으킬 수 있는 통솔력이나
리더십을 발휘하면 되는 거죠. 춤을 추는 건 언제나 잘할 수 있지만 춤만 잘 추는
치어리더는 되고 싶지 않아요.

박광수 치어리더들은 겉으로 보이는 건 많은데, 속으론 어떤지 모를 때가 많아요. 정말
야구를 좋아하는 건지, 직업적으로 생각을 하는 건지. 근데 수현 씨한테는 나름

235

야구에 대한 철학도 보이는 것 같아요.

배수현 저도 처음에는 그런 것 없었어요. 그냥 아빠가 야구를 좋아하셔서 야구를 보게 된 거고 그냥 '와! 이런 거구나' 생각했어요. 프로 데뷔하고 처음 봤을 때도 잘 몰랐어요. 내 앞가림하는 것만으로도 너무 바빠서. 차츰차츰 시간이 지나고 경력이 쌓이고 여러 사람을 만나고 인터뷰도 하고 팬들과 야구에 대해 많이 이야기하다 보니 조금씩 변하더라고요.

박광수 이 이야기는 꼭 하고 싶었는데 못 한 말은 없나요?

배수현 제가 치어리더를 하면서 중간에 그만두려고 한 적이 많았거든요.

박광수 왜 그만두고 싶었어요?

배수현 너무 힘들어서요. 체력도 너무 딸리고 아픈 데가 많으니까. 아무리 이 일을 좋아한다고 해도, 내 나이도 있고…. 좋다고 거짓말을 해서 계속해야 하는 건지, 규칙적이고 일정하게 균형 있는 삶을 살기 위한 다른 일을 해야 하는 건지 혼란이 올 때가 종종 있거든요. 매년 이맘때쯤 "그만둘게요"라고 말하면 과장님께서 올해도 같이 하자고 잡아주시고, 그게 실은 너무 감사해요.

박광수 예능 프로그램 〈승승장구〉처럼 질문해볼게요. "배수현 씨에게 야구란?"

배수현 저에게 야구란, 삶의 교과서! 왜냐하면 야구장에 가면 많은 사람들을 만나잖아요. 사람을 만나면 정을 줘요. 그렇게 인연을 맺다 보면 또 다른 사람이 생기고 또 인연을 이어나가고 그러잖아요. 그게 몇 만 명이란 말이에요. 결국 내가 또 이 사람에게 무얼 배우고 통하게 되는 거죠. 아! 야구가 진짜 사람과 사람을 엮어주는 통로가 되는구나. 요즘 더 많이 느껴요. 그래서 뭘 하더라도 절실함을 갖게 되고요. 제 핸드폰에도 써놨어요. '항상 절실한 마음으로'라고. 아, 정말 나도 뭔가를 위해 열심히 노력해서 누군가에게 안정적으로 비춰지면 좋겠어요.

인연을 통해서 배운다는 그녀의 말에 절로 고
개가 숙여졌다. 누군가 그랬다. "고장 난 시계
도 하루에 두 번은 맞는다. 그러니 고장 난 시
계에게도 하루에 두 번은 배울 것이 있다." 나
이가 들면서 누군가에게 배우기보다 누군가
를 가르치려고 하는 습성이 생겼다. 지금 생
각해보니 그것이 '나이 듦'의 징표인 것이다.
아직 배울 것이 많다는 것을 잊지 말고, 나
에게 주어진 소중한 인연을 통해 세상을 더
많이 배워나가야 한다. 언제나 지치지 말고.

237

INTERVIEW 04

김태우

I LEARN
MY LIFE
FROM
BASEBALL.

박광수 태우 씨, 나이가 어떻게 되나요?

김태우 서른여섯이요.

박광수 야구를 몇 살 때부터 시작했죠?

김태우 초등학교 5학년이요.

박광수 5학년이면, 조금 늦은 거 아닌가요?

김태우 원래 육상을 하다가 집이 동인천 쪽으로 이사하면서 야구팀이 있는 학교로 전학
을 갔어요. 인천 축현초등학교라고.

박광수 일부러?

김태우 우연인 거 같아요. 전학 가자마자 제 앞에 있는 애가 야구복을 입고 있었는데 그
모습이 너무 멋있더라고요. 그 친구 이름이 송영노예요. 지금도 안 까먹었어요.
그 아이도 야구를 시작한 지 얼마 안 되었는데, 야구 유니폼을 입고 있는 거예요.
제가 전학 가서 인사를 하고 한 10분쯤 있다 그 아이한테 "야구하려면 어떻게 하
니?"라고 묻고, 그날부터 바로 했어요. 전학 가자마자.

박광수 한 번도 안 했는데요? 시작하고 소질 있다는 이야기를 들었나요?

김태우 빨랐어요. 그 당시 체격이 크지는 않았는데, 마르고 달리기가 빨랐어요. 운동신
경이 좋았죠.

박광수 습득 속도는 어땠어요?

김태우 습득 속도가… 제가 5학년 겨울방학 동계훈련 때 실력이 갑자기 늘었어요. 그래
서 6학년 때부터 시합을 뛰었죠. 시작한 지 한 4개월, 5개월 만에 시합을 뛴 거죠.

박광수 중학교는 어딜 갔나요?

김태우 인천 신흥중학교요. 그 학교가 인천에서 야구로는 조금 약했어요.

박광수 그럼 고등학교는요?

김태우 인천고등학교요.

박광수 인천고등학교는 야구 명문이지 않나요? 인천고와 동산고가? 중학교 때는 잘했
나봐요?

김태우 잘하기보다는 센스가 좀 있었어요. 지금 생각하면 체력이 좀 약했어요. 작고 말
랐으니까요.

박광수 초등학교 때는 포지션이 뭐였어요?

김태우 외야수요. 중학교 때는 내야수, 유격수요.

박광수 고등학교 때는?

김태우 고등학교 때도요.

박광수 중학교 때부터 굳어지기 시작하는군요?

김태우 네. 그때 눈을 떴어요.

박광수 중학교 때는 몇 번 쳤어요?

김태우 중학교 때는 1번 아니면 3번?

박광수 빨라서?

김태우 네. 그런데 고등학교 때는 제가 방황을 좀 했어요.

박광수 방황이라는 건 뭐예요? 나 이제 야구하기 싫어, 이런 거요?

김태우 도망 다니고, 근신 생활하고 그랬어요.

박광수 나가서 놀다가 걸려서 잡혀 들어오고?

김태우 그렇죠. 야구부로 소속은 되어 있지만, 운동을 못하게 하는 근신 기간이 있어요. 수업 6교시까지 받고 내려와서 코치님께 인사하고, 집에 가는 거요. 반성의 시간이죠. 운동을 못하고 일주일 지나서 유니폼 입고 야구를 했는데, 또 다시 방황하고, 집 나가고, 불량한 애들이랑 어울리고.

박광수 그럼 후회가 좀 되겠네요?

김태우 많이 되죠, 지금 생각하면.

박광수 그때 열심히 했다면 인생이 많이 달라졌을까요?

김태우 많이 달라졌다기보다 지금처럼 야구에 대한 열정은 없었을 것 같아요. 그때 잘했다면 지금처럼 야구에 대한 미련이 없었겠죠. 오히려 그때 방황하며 야구를 못해서 미련이 많이 생겼어요. 그리고 학교 다닐 때 더 열심히 할걸 하는 후회가 많이 돼요.

박광수 그때 안 놀고 정말 꾸준히 야구만 했으면 지금 어떻게 되어 있을까요?

김태우 글쎄요…? 프로 1.5군 정도요? 제가 프로로 못 갔던 게 대학교 때도 야구를 하다가 중간에 그만뒀거든요. 기회는 몇 번 있었지만, 노력과 스펙이 부족해서 프로까지 못 갔죠. 지금 생각해보면 그때 코치 감독님 말 듣고 하라는 대로 했다면 프로에도 갔을 거고, 지금 사회인 야구를 하면서 사업을 하고 있지만 여러 모로 도움이 더 됐을 것 같아요.

박광수 야구 선수로서 좀 더 이름을 쌓았으면 용품 사업을 하기에도 조금은 이득이 되었겠죠?

김태우 그렇죠. 지금 이 사업을 하면서 프로 선수들에게 용품을 납품할 때는 제가 써보고 싶은 것을 주거든요. 그 선수가 안타 치고 나가면 왠지 모를 희열을 느껴요.

박광수 약간 아바타 같겠네요? 하하하.

김태우 그런 느낌이 있죠. 작년에 제가 정말 아끼는 장갑이 있었어요. 2011년 한국 시리즈 때 박재상이 삼성전에서 너무 못 치는 거예요. 속상해서 "이거 형이 진짜 아끼는 건데 한 번도 낀 사람이 없는 장갑이야. 너 이거 끼고 쳐봐라" 하고 그 장갑을 줬는데, 3차전 가서 홈런 쳤어요. 그런 데서 보람을 느껴요.

박광수 저도 옛날엔 장갑을 멋으로 꼈는데, 지금은 제 손에 맞고 기능성에 초점을 둬요.

김태우 프로 선수들하고 거래를 할 때도 그래요. 배트를 스무 자루씩 똑같은 걸 깔아놔요. 그중에서 한두 개는 자기한테 맞는 게 있어요. 근데 또 웃기는 건, 다른 선수에게는 거부당한 배트가 다른 선수에겐 잘 맞는 거예요. 선수마다 스타일이 달라요. 각자에게 잘 맞는 배트가 있단 얘기죠.

박광수 처음 사회인 야구할 때 1부에서 뛰었죠?

김태우 저는 야구를 했었으니까 당연히 1부에서 뛰었죠. 포수라는 자리도 그때 처음 해봤어요.

박광수 1부 할 때 팀에 포수 출신 선수가 없었나요?

김태우 있었죠. 근데 제가 젖혔어요.

박광수 아, 실력으로?

김태우 네. 야구 그만두고 헬스 트레이너 생활을 한 5년 하다 보니까 몸이 커지고 근력도 더 생기니까 어깨가 더 좋아지더라고요.

박광수 근데 야구 선수들 이야기를 들어보면 근육량이 많은 건 오히려 도움이 안된다고 그러던데요.

김태우 그건 맞아요. 근데 저는 선수 때 훨씬 말라서 힘이 없었어요. 프로에게는 그게 정답인데 아마추어 사회인 야구는 어느 정도는 힘으로 되니까요. 정경배 형의 퍼스널 트레이너를 3~4개월 한 적이 있어요. 원래 경배 형은 보디빌더 출신의 트레이너에게 트레이닝을 받았는데 쓸데없는 근육이 많이 나오니까 밸런스가 깨지는 거죠. 저는 야구를 했으니까 호흡이 맞았어요. 경배 형에게 도움을 줄 수 있었고요. 전에 제가 야구할때는 아프면 무조건 병원 가서 물리치료 받고 주사 맞고 그랬거든요. 하지만 트레이너 하면서 그게 능사가 아니라는 것을 알게 되었어요. 지금 생각하면 당시 그런 정보가 없었던 게 아쉬워요.

박광수 그래서 메이저리그라든지 그런 무대에서의 경험이 무척 크죠. 야구를 하면서 가장 힘들었을 때는 언제인가요?

김태우 제일 힘들었을 때요? 안될 때? 고등학교 2, 3학년 성장기 때요.

박광수 그때 잘해야 프로로 가거나 대학을 가잖아요.

김태우 그래서 그때가 제일 힘들었던 거 같아요. 각 학년에 아홉 명, 열 명이 있는데 시합 못 뛸 때랑, 밑에 애가 더 잘할 때요. 애는 나보다 못한다고 생각했는데 프로 잘 갔을 때, 그때도 힘들었어요. 나보다 못하는데 어떻게 프로에 갔지? 인정이 잘 안되는 거죠.

박광수 그때 태우 씨가 절실하지 않았던 거 아닐까요?

김태우 그때는 솔직히 놀기 바빴어요. 그러니까 지금처럼 야구가 이렇게 붐이었으면 미친 듯이 했을 것 같아요. 그때 당시 프로 연습생 연봉이 1200부터였어요. 사회 나와도 그 정도는 벌겠다, 라는 생각을 한 거죠.

박광수 요즘은 계약금을 7억 정도까지도 받잖아요.

김태우 한창 10억까지 올라갔었는데 지금은 계약금보다는 연봉이죠. 2천만 원 받고 들어가도 한 해 잘하면 이듬해에 4천 받고.

박광수 성적만 좋으면야, 그래서 프로가 좋은 거죠.

김태우 최고죠.

박광수 야구선수를 할 때와 지금 취미로 야구할 때를 비교하면 마음가짐이 뭐가 가

JoeLeepro-
OFFICIAL SIZE AND WEIGHT
CORK CENTER
CHINA
FULL GRAIN LEATHER COVER
JL-100
ZOMAZ

장 다른가요?

김태우 학교 때는 솔직히 부모님이 해주니까 해야겠다는 생각이었어요. 그땐 꿈이 간절하지 않았던 것 같아요. 지금은 어떻게 보면 생계가 연결되어 있잖아요. 저는 주말에 야구하는 걸 '제2의 영업'이라고 생각해요. 내가 장비 쓰는 걸 타 팀의 선수들이 볼 것 아니에요. 그게 저 나름대로의 홍보라고 생각해요. 다른 건, 지금이 야구에 더 애착이 가요. 선수 생활을 할 때는 철이 없었어요. 야구를 왜 그만뒀냐고 물어보세요. 남들은 어깨가 아파서, 몸이 안 좋아서, 운이 안 좋아서라고 이야기하죠. 전 솔직하게 이야기해요. 머리가 나빴다고. 철이 안 들었던 것 같아요. 제가 조금만 더 현명했다면 그러지는 않았을 거예요. 지금 같은 생각이었다면.

박광수 지금껏 만져본 용품 중에서 베스트 원을 뽑아주세요. 글러브는 이게 최고였고, 배트는 이게 최고였다!

김태우 베스트요? 글러브는 미즈노죠.

박광수 이야기를 들어보면 미즈노 장인이 만드는 글러브는 일반인에게 팔지 않는다고 하던데요. 프로야구 선구 몇 명한테만 가고.

김태우 그렇겠죠.

박광수 실제로 일반인들이 살 수 있는 것은….

김태우 중국에서 만든 거죠. 그런데 글러브도 자신의 손에 맞는 게 있어요. 손님들이 와서 특정 브랜드의 글러브를 찾으면 저는 무조건 손에 껴보라고 해요. 자기에게 맞는 글러브가 있거든요. 제가 지금까지 껴봤을 때 제일 좋았던 것은 미즈노였어요.

박광수 야구로 유명한 브랜드이니까.

김태우 네. 배트는 이스턴.

박광수 이스턴.

박광수 나무 배트도?

김태우 나무 배트는 사사키, 제트. 미즈노에서 나오는 배트는 안 써봤어요.

박광수 미즈노도 예쁘게 나오긴 하는데요.

김태우 그런데 그것도 좋은 거는 일본 애들이 쓰고 나머지만 들어온다고 하더라고요. 제
가 느끼기에는 장비 하나 때문에 실력이 오르내릴 수 있어요.

박광수 그럼 최종 목표는 미즈노 같은 브랜드를 만드는 건가요?

김태우 네. 그래서 지금은 열심히 공부해요.

박광수 시간을 되돌려서 어린 시절로 돌아간다면 야구를 또 할 건가요?

김태우 저는 야구를 또 할 거예요.

박광수 똑같은 일을 겪어도요?

김태우 같은 일을 겪더라도 좋아요. 지금에 만족하니까요. 제가 야구를 버린다고 트레
이너 생활도 해봤는데, 결국은 야구더라고요.

박광수 공부를 잘했을 수도 있잖아요? 공부 잘해서 다른 직업을 가질 수도 있을 테고요.

김태우 아마 그렇다면 야구 스포츠 마케팅을 하고 있을 거예요.

박광수 선수들 매니저하면서요?

김태우 매니저하면서 선수를 부각시켜 그 브랜드를 살리는 그런 일이 하고 싶어요.

박광수 에이전트?

김태우 에이전트죠. 제가 대학 때 야구 그만두고 도망가서 호텔에서 일도 해보고, 고깃
집 한다고 고기 손질까지 다 배웠어요. 그러면서도 항상 '내가 왜 이러고 있지?'
하며 또다시 운동을 하게 되더라고요. 야구가 아니라도 스포츠 쪽에 종사하고 싶
어요. 그게 저한테 가장 잘 맞는 것 같아요.

박광수 야구를 통해 인생에 도움이 된 게 있을까요?

김태우 야구가 아니었다면 제가 좋아하는 사람들을 만나지 못했을 거예요.

박광수 어떤 이유로 다시 야구를 하게 되었나요? 누구의 권유로 사회인 야구를 하게 되
었죠?

김태우 저희 헬스클럽 회원의 권유로 다시 하게 되었어요.

박광수 다시 글러브를 잡았을 때 느낌이 어땠어요? 보통 프로야구 선수가 꿈이었다가
꿈을 못 이룬 사람들은 다시는 글러브를 쳐다보기도 싫다고 하던데.

김태우 저도 그랬어요. 그래서 보디빌더 선수가 되려고 했어요. 그런데 헬스를 하면서
인내력을 배웠어요. 나 자신을 이기는 법을 배웠어요. 그러고 나서 다시 야구를

하니까 재미있는 거예요.

박광수 결혼해서 아이를 낳으면 야구를 시킬 건가요?

김태우 시킬 거예요.

박광수 만약 아이에게 엄청난 소질이 있는데, 하기 싫어한다면요?

김태우 타일러야죠. 지금 저는 제 나이의 위치에 만족하는 편이에요. 야구용품 사업을 하면서 수입도 괜찮은 편이고요. 그런데 항상 벽에 갇혀요. 돈이 있다고 해도 안 되는 것이 있어요. 제가 못 이룬 꿈을 제 아들이 이루어주었으면 좋겠어요. 저는 철이 없어서 제 꿈을 못 이루었지만, 제가 겪은 시행착오를 제 아들은 겪지 않게 할 자신은 있어요. 그리고 용품은 최고로 지원해주지 않겠어요? (하하하)

김태우 씨를 인터뷰하면서 이루지 못한 꿈에 대한 열정을 읽을 수 있었다. 꿈은 돈 주고 살 수도 없다. 돈을 주고 경주용 자동차는 살 수 있다. 돈을 주고 비행기는 살 수 있다. 그리고 돈을 주고 세상에서 가장 비싼 야구 배트는 살 수는 있다. 하지만 그렇게 한다고 자신이 F1 트랙을 도는 카레이서는 될 수 없다. 배우지 않고서는 비행기가 있다고 한들 하늘을 날 수도 없다. 세상에서 가장 비싼 야구 배트가 있어도 노력 없이는 운동장 너머로 공을 쳐서 넘길 수가 없다. 결국 꿈을 이루는 것은 돈이 아니다. 세상의 모든 꿈은 열정을 통해서만 이루어진다.

247

INTERVIEW 05

김제민

I LEARN
MY LIFE
FROM BASEBALL.

김재민 조용해서 인터뷰하기 딱 좋네요.

우리는 인터뷰 장소를 찾다가, 마땅한 곳을 찾지 못해 김재민 님의 사무실에서 인터뷰를 했다.

박광수 그러네요. 다들 일찍 퇴근하셨나봐요?

김재민 증권회사는 좀 자유스러워요.

박광수 올해 연세가 어떻게 되나죠?

김재민 우리나라 나이로 마흔일곱이요. 양띠 67년생이요.

박광수 사회인 야구를 시작한 지는 얼마나 되었나요?

김재민 햇수로 5년 됐어요.

박광수 오래 한 건 아니네요.

김재민 옛날부터 야구를 좋아했어요. 이상하게 성인이 되어서 야구할 기회가 없었어요. 중학교 때까지만 해도 제가 주도해서 야구를 했는데, 고등학교 때는 입시 때문에 못했지요. 그래도 짬짬이 1년에 두세 번 정도는 했어요. 연대 운동장 가서 하기도 하고 그랬어요.

박광수 그래도 계속 끈을 놓지 않았네요? 사진을 보면 야구용품이 엄청나게 많아요.

김재민 제가 운동에 빠지면 장비를 갖추는 걸 좋아해요. 학생 때는 돈이 없어서 못했는데, 하나 두 개 사다보니까 늘었어요.

박광수 사진을 보니까 글러브도 꽤 많이 가지고 있던데요?

김재민 조금 많긴 하죠. 한 팀이 쓰고도 남죠.

박광수 그럼 아홉 개 이상 가지고 있는 건가요?

김재민 많기는 하지만 글러브마다 사연이 있어서 돈은 둘째치고 누구에게 주기에는 너무 아깝더라고요.

박광수 결혼은 하셨죠?

김재민 애가 둘이에요.

박광수 이렇게 열정을 쏟고 용품을 사다보면 형수님이 뭐라고 하지 않나요?

김재민 이렇게 많은 줄 모르겠죠. 하하하. (함께 웃음)

박광수 국내 브랜드도 글러브 좋은 거 하나 맞춤 주문하면 40만 원 정도 하잖아요.

김재민 국내 브랜드는 그렇죠. 국내 맞춤 글러브는 하나고, 나머지는 모두 외국 브랜드예요.

박광수 미즈노나 이런 거요?

김재민 미즈노만 없어요. 나이키.

박광수 나이키에서도 맞춤 글러브를 하나요?

김재민 나이키가 진짜 좋아요. 가볍거든요. 제 외야 글러브가 나이키인데 사람들이
껴보고 좋다고 해요.

박광수 저도 맞춤 글러브는 아니지만, 나이키 글러브를 써본 적이 있는데 저는 마음
에 안 들던데요?

김재민 아니에요. 미즈노 있던 사람들이 나이키로 왔거든요.

박광수 미국으로 맞춤 주문을 내는 건가요?

김재민 일본 맞춤 주문이죠. 메이드 인 재팬이에요. 미즈노에 있던 장인들이 나와서
나이키에서 만드는 거예요. 일단 나이키 글러브의 특징은 가볍다는 거예요.

박광수 가벼우면 상대적으로 얇잖아요.

김재민 그렇지 않아요. 가죽 자체가 가벼운 소재로 만드는 게 기술이죠.

박광수 글러브 길들이는 볼집 방망이도 있네요?

김재민 저는 다 있어요. 볼집 낸 것, 스쿠알렌 오일. 저는 게임이 끝나면 싹 가지고
가서 사무실에서 전부 닦고 그래요.

박광수 저도 4년 차까지는 그랬던 것 같아요. 전 사회인 야구 시작한 지 15년 됐거든
요. 옛날에는 야구 끝나면 집으로 바로 안 가고 글러브에 바셀린 바르고, 다
닦고 그랬는데, 이젠 비에 젖어도 그냥 가방에 넣게 되더라고요. 매주 하니
까 귀찮더라고요.

김재민 저도 요즘엔 귀찮아서 한 달에 두 번 정도 해요.

박광수 야구를 할 때 뭐가 가장 즐거우세요? 사회인 야구하면서 가장 즐거운 거라면
요?

김재민 저는 야구로 살을 많이 뺐어요.

박광수 야구로 살 뺐다는 이야기는 처음 듣는데요? 일단 유산소운동도 거의 안되잖
아요.

김재민 저는 야구를 좀 많이 했어요. 1년에 100게임은 했으니까요. 새벽에 일주일에 두 번 하고, 주말에는 최소한 두 게임은 했어요. 최소한 일주일에 네 번 하고 사무실에서도 짬 날 때마다 스윙하고 그래요. 그래서 뱃살을 많이 뺐어요. 제가 82까지 나가다가 지금은 73킬로그램.

박광수 정말이요?

김재민 이게 쭉 빠지는 게 아니고 아주 서서히 빠지다가 더 이상은 안 빠지더라고요. 처음에 야구할 때는 사람들이 숏이라도 보면 왜 그렇게 뚱뚱하냐며 상대편한테 창피하다고 그랬거든요. 그런데 지금은 그런 이야기 안 들어요. 제가 다른 사람보다 백업 같은 걸 부지런히 들어가요. 엄청 열심히 해요.

박광수 쉽지 않은 일이죠. 사회인 야구에서 백업을 한다는 게.

김재민 그리고 초창기 때 살이 많이 빠졌는데, 레슨을 받았거든요. 그때 살이 많이 빠졌죠. 능곡에 김대문 감독이라는 분이 있는데, 그분의 일산 지역에 제자들이 한 2천 명 돼요. 저는 일대일 레슨을 받았어요.

박광수 오, 주말에 가서요? 그러면 확실히 늘죠?

김재민 많이 늘었죠. 타격에 대해 전혀 모르다가 타격의 메커니즘에 대해 알게 되었죠.

박광수 정기 리그를 뛴다고 하셨죠?

김재민 리그 네 개 뛰어요.

박광수 지금은 쉬고 있는 건가요?

김재민 지금은 다쳐서 쉬고 있어요. 와이프 눈치도 좀 보이고. 하지만 계속 쉴 수는 없으니 곧 다시 시작해야죠.

박광수 회사 팀도 있다면서요? 회사 팀에서 뛰면 되지 않나요? 형수님한테도 "회사에서 하자니까 어쩔 수 없이 하는 거야"라고 이야기하면 핑계가 되니까요.

김재민 그래서 안 할 수는 없으니까 한 팀만 하려고 해요. 회사 팀 말고 주말 팀이요. 아직 확정은 안됐고 일단은 쉬고 있어요.

박광수 지금까지 야구를 하면서 가장 기뻤던 적은 언제인가요?

김재민 주말 팀, SG 슬러거라고 있었어요.

박광수 SG의 뜻은 뭔가요?

김재민 원래 슬러거였는데, 팀이 와해됐어요.

박광수 팀이 두 개로 분산됐다는 건가요?

김재민 원래 만들었던 사람들이 운영을 잘 못했어요. 돈 문제도 있고 해서, 그래서 재창
단했어요.

박광수 인터넷으로 모집한 팀인가요?

김재민 아뇨. 그 시작은 양천 새벽 야구, 거기 출신이에요. 거기서 나온 팀이 몇 개 돼요.
그중에 우리는 거기서 비주류였죠. 잘 못하는 사람들이었어요. 잘하는 사람들
팀이 따로 있었어요. 이제는 거의 대등하게 해요.

박광수 실력이 많이 늘었다는 말이네요.

김재민 그래서 그 사람들이 열 받아 하죠. 한 2, 3년 전에는 자기들이 야구 가르친 애들
이 쭈욱 올라와서 자기네가 지니까요. SG의 뜻을 사람들이 물어보면 스마트 가
이라고 해요. (웃음)

박광수 야구를 하면서 가장 기뻤던 순간은요?

김재민 재창단을 해서 그다음 해에 리그에 들어가서 토너먼트를 했어요. 그때 우리가
우승 전력이 아니었거든요. 그런데 다른 팀을 다 이기고 우승을 했어요. 그때 진
짜 좋더라고요.

박광수 회식도 진하게 하고 그랬겠네요?

김재민 그렇죠. 우승하고 엄청나게 했죠. 사실 야구가 끝나서 뒤풀이하는 게 야구만큼
재미있잖아요.

박광수 그런 맛이 있죠. 우승할 때 느끼셨겠지만, 실력이 차이가 나도 흐름 못 타면 지는
게 야구인 것 같아요.

김재민 그런 게 있어요. 잘하는 팀은 우리하고 별 차이가 없는 것 같은데 요만큼 차이에
서 달라지는 것 같아요. 특히 수비에서는요.

박광수 저희 팀이 그래요. 저희 팀 몇 명이 딱히 잘하는 것 같지는 않은데 안 져요. 애들
이 실력이 느는 것 같지도 않고 하나하나 보면 저쪽 팀보다 우리가 못한 것 같은
데, 오래 하다 보니까 저절로 짜임새가 생겼다는 생각을 해요.

김재민 그게 멘탈인 것 같아요. 실수해서 나갔는데 그다음에 또 정신을 집중해서 잘 막

고. 그런 집중력인 것 같아요, 멘탈. 못하는 팀은 5회쯤 되면 확 무너지잖아요.

박광수 그러게요. 저희 팀은 그런 건 좀 없는 것 같아요.

김재민 그런 팀이 잘하는 팀이에요. 그리고 승부욕! 하지만 승부욕이 너무 세면 안 되고 팀의 주축이 되는 몇 명이 구심점이 돼서 승부욕이 있어야 하잖아요? 우리 SG 슬러거 팀이 그래요. 총무를 하는 친구가 에이스이고 제일 잘 치고, 제일 잘 던지는데, 그 친구가 승부욕이 굉장히 강해요. 그러다 보니 포기를 안 해요. 그리고 웬만한 팀이 나와도 다 이긴다고 자신해요. (웃음)

박광수 언제까지 야구를 할 수 있을 것 같으세요?

김재민 저는 사실, 처음 시작할 때는 3년만 하자고 했거든요. 야구는 늙어서 못하니까 3년만 하자고 했는데 3년은 더 할 수 있을 것 같아요. 쉰까지는 할 수 있지 않겠어요? 저 아는 형님도 57년생인데, 자전거 판매하는 회사 상무님이에요. 그런데 뒤에서 보면 30대 중반 정도로밖에 안 보여요. 물론 자전거를 열심히 타서 그렇겠지만, 저는 그렇게까지는 못하고 쉰까지는 할 수 있을 것 같아요.

박광수 저는 꿈이, 제가 아들 둘, 딸 둘인데.

김재민 넷이나 돼요?

박광수 네. 제가 늙어서 예순 중반 정도 되면, 걔네들이 팀에 들어와서 자연스럽게 그 팀을 물려주는 게 꿈이거든요.

김재민 아, 저한테 동갑내기 친구가 있는데, 그 친구가 일찍 결혼해서 대학교 2학년 아들이 있어요. 지금 같은 야구팀에서 뛰어요.

박광수 무척 보기 좋을 것 같네요. 부럽네요. 야구팀 중에 '노노스'란 팀이 있어요.

김재민 할아버지 팀? 거기 잘한다고 하더라고요.

박광수 네, 그 팀에 대학교수님도 계시고 의사분도 계시고 직업군이 다양해요. 선수 출신도 섞여 있는 것 같은데 막내가 57세래요. 투수 나오신 분이 63세인데 110 던지시더라고요.

김재민 진짜요? 허허.

박광수 그분들 뵙기 전까지는 저도 55세까지 할 수 있지 않을까 했는데, 그분들 보면서 생각이 바뀌었어요.

김재민 110이 나와요? 63세인데?

박광수 네, 경기력도 젊은 저희와 비슷비슷해요. 처음에 저희랑 경기할 때는 비등비등하게 하다가 저희한테 졌어요. 저희에게 지니까 무척 분해하시더라고요. 할아버지들이 젊은 사람들이랑 해서 졌는데, 왜 저렇게 분해하시냐고 그랬는데 웬만한 팀에게는 잘 안 지신대요.

김재민 하하, 그래요?

박광수 무척 느리게 하시는데 연륜 때문에 실책이 별로 없어요.

김재민 아, 그렇다고 하더라고요.

박광수 설렁설렁하는데 타자 주자 다 죽이고. 또 치면 멀리는 안 나가는데 텍사스성 안타 잘 나고 그러니까.

김재민 절대로 급하게 안 휘두르죠?

박광수 나이가 그 정도 되니까 급하시지 않더라고요.

김재민 확실히 나이 드신 분들은 급하지 않아요. 젊은 애들은 어떻게든 치려고 하는데, 확실히 마흔 넘은 사람들을 보면 그런 게 별로 없어요.

박광수 저희 팀도 다치는 친구들을 보면 다 젊은 친구들이에요. 나이 먹은 사람들은 일단 연륜이 있어 잘 안 다쳐요.

김재민 사회인 야구를 제일 잘하는 부류가 30대 중반에서 후반인 것 같아요. 근력도 있고, 경륜도 있잖아요. 30대 초반부터 한 친구들이 제일 잘하는 것 같아요.

박광수 야구를 하면서 인생에서 도움이 되는 게 있나요? 일상생활에서 활력을 준다든지 그런 거 말이에요.

김재민 그런 건 있어요. 젊어진다는 느낌. 그리고 스트레스를 해소할 곳이 있다는 거요.

박광수 그건 다른 운동도 마찬가지잖아요?

김재민 그리고 저는 그런 걸 많이 느껴요. 저는 상경대를 졸업하고 증권회사에 입사했는데 주위 사람들이 다 비슷한 그런 사람들이에요. 이른바 정상적으로 스텝 밟아온 사람들요. 그런데 야구하면서 만나는 사람은 너무 다양해요. 생수 장사하

김재민

는 친구, 새벽까지 트럭으로 배달하다가 와서 야구하는 친구, 대리운전 하는 친구, 공고 나와서 공장에 있는 친구….

박광수 이를테면 김재민 님이 현재의 주어진 생활만 하면 만날 수 없는 사람들이요?

김재민 저는 제 삶이 전부인 줄 알았거든요. 인생이 그렇게 살아야 하는 줄 알았어요. 그래서 우리 아이들한테도 나처럼 살기 위해 공부 열심히 해 대학 가서 취직해야 한다고 말하곤 했어요. 그런데 지금은 생각이 많이 바뀌었어요. 내가 생각하는 삶이 아닌 사람들도 정말 착하고 선량한 시민으로 잘 살더라고요. 우리나라의 숨은 일꾼으로, 국민으로서의 역할을 다 하면서 주위 사람들한테 좋은 이야기 들으면서 잘 살더라고요. 그래서 우리 애들한테 그런 걸 요구하지 않게 됐어요.

박광수 사람들과 섞이는 방법도 알고, 타인의 삶에 대해 인정하는 법을 배우신 건가요?

김재민 내가 사는 전형적인 삶, 그게 다인 줄 알았는데 다르게 사는 방법도 있구나. 공부만 하는 게 전부가 아니라 정말 사회 나와서, 공부는 많이 안 했을지 몰라도 자신의 분야에서 열심히 사는구나 생각했어요.

박광수 그리고 중요한 건, 사회인 야구에서는 야구 잘하는 사람이 왕이잖아요.

김재민 그렇죠.

박광수 우리 팀이 이런 건 고쳤으면 좋겠다는 것들이 있나요?

김재민 팀에 바라는 건 없어요. 그런데 지나치게 승부욕이 강하게 야구하는 건 지양했으면 해요. 한 사람이 짜증 내거나 화를 내면 팀원들이 더 못하게 되는 경우도 있잖아요.

박광수 글러브 던지고.

김재민 저도 그런 경우는 아니라고 봐요.

박광수 일단 화가 나도 '괜찮아'라고 격려하고, 다음 플레이를 위해 뛸 수 있게 해줘야죠.

김재민 그렇죠. 그런 게 도움이 되는 건 아니잖아요.

박광수 전혀 도움이 안되죠.

김재민 야구를 오래 하다 보니 상황별로 실수한 친구들을 기 살리는 멘트가 쌓이더라
고요.

박광수 팀원들을 독려하는 스타일이시군요?

김재민 저는 지점장일 때도 직원들을 쪼기보다는 기를 살려주곤 했어요. 사람의 잠재력
을 뽑아내려면 쪼는 것보다는 그 사람이 할 수 있게끔 격려하는 게 오히려 도움
이 된다고 생각했거든요. 그렇게 하면 훨씬 좋아요. 쪼면 단기적인 효과밖에 못
내요.

박광수 연속적인 효과가 없는 거죠?

김재민 기다려주는 맛도 있고 그래야 하잖아요. 저는 야구를 할 때도 똑같아요. 윽박지
르면 절대 못해요. 특히 젊고 어린 애들의 경우에는 더더욱 그렇죠.

박광수 야구를 통해서 인생에서 이런 걸 배웠다, 그런 게 있나요?

김재민 글쎄요. 그런 거창한 생각은 안 해봤는데요. 야구를 하다 보면 그 사람의 성격이
다 나오더라고요. 혼자만의 야구를 하는 사람, 너무 예민해서 다른 사람의 영향
을 많이 받는 사람, 야구는 잘하지만 누가 싫어서 팀을 떠나고 그런 사람도 많이
봤어요.

박광수 섞이지 못하고요?

김재민 섞이지 못하고, 말 한마디에 삐치고 그런 사람을 많이 봤어요. 그래서 저는 어떤
팀이 승리하기 위해서는 여러 가지 조합이 있는데 팀의 조합이 잘 이뤄져야 하
는 것 같아요. 뭐랄까, 인간에 대한 성찰을 많이 해요. 플레이를 하면서 드는 생
각은 인생에서 투자한 시간만큼 보답이 꼭 온다는 거예요. 야구도 똑같은 것 같
아요. 꾸준히 훈련하고 준비하면 반드시 기회가 오고 그 사람에게 어떻게든 보
답이 오더라고요. 텍사스성 안타가 나든지 해서라도요. 거저 떨어지는 행운은
없다고 생각해요.

박광수 맞아요.

김재민 사람들이 모르는 게 뭐냐 하면, 어떤 하나의 현상이 있으면 그것만 봐서는 안돼
요. 야구도 똑같아요. 저는 지점장을 할 때도 직원들에게 늘 이렇게 이야기했어
요. "지금 사회가 힘들잖아. 경제적으로도 힘들고 모든 면이 다 힘들잖아. 너희

가 이 상황에서 열심히 안 하면 성공 못하는 건, 100프로가 아니라 200프로 확실하다. 하지만 열심히 하면 잘될 수 있어." 단순하잖아요. 너네는 열심히 하는 수밖에 없다. 이젠 사회가 더 힘들어져서 열심히 잘해야 한다고 이야기 해요.

박광수 그렇지요.

김재민 똑같은 것 같아요. 내가 실력이 좀 모자라거나 잘하더라도 사회인 야구라는 게 실력은 큰 차이가 없어서, 잘하는 사람이 열심히 안 했을때와 못하는 사람이 열심히 했을 때 만나는 지점이 생겨요. 그게 실력 차이를 극복하는 포인트잖아요. 결실을 맺기 위해서는 열심히 하는 수밖에 없어요.

박광수 사회생활도 그런 것 같아요. 저도 열심히 하겠습니다.

누구나 투수를 하고 싶고, 누구나 팀의 주축이 되는 4번 타자를 하고 싶어한다. 하지만 선발 투수도 단 한 명이고, 팀의 4번 타자도 단 한 명이다. 야구가 좋은 이유는 선발 투수가 될 수 없어도, 4번 타자를 칠 수 없어도 자신의 자리에서 빛날 수 있다는 점에 있다. 삶을 살면서 사람들은 모든 이에게 스포트라이트를 받기 원한다. 하지만 세상이 잘 돌아가는 것은 보이지 않는 곳에서 묵묵히 자신의 일을 열심히 수행하는 사람들 덕분이다. 대통령이 일주일쯤 휴가를 가면, 뉴스에서 알리지 않는 이상 사람들은 대통령이 휴가를 간 사실조차 모를 것이다. 하지만 동네를 청소하는 청소부 아저씨가 일주일 휴가를 가서 동네 청소가 안 된다면 대번에 알 것이다. 대통령이 더 스포트라이트를 받는 직업임은 분명하지만, 세상에 꼭 필요한 직업이 어떤 것인지는 생각해 볼 필요가 있다. 우리가 사는 세상에는 없어도 되는 것들이 너무 많다.

야구생각

2013년 3월 5일 | 초판 1쇄 발행
2013년 3월 15일 | 초판 2쇄 발행

지은이 | 박광수
발행인 | 전재국
부문장 | 이광자

임프린트 대표 | 이동은
경영관리본부장 | 정유한
책임마케팅 | 노경석 · 윤주환 · 조안나 · 이철주
제작 | 정응래 · 박순이

발행처 | 미호
출판등록 | 2011년 1월 27일(제321-2011-000023호)

주소 | 서울특별시 서초구 사임당로 82
전화 | 편집 (02)3487-1141 · 영업 (02)2046-2800
팩스 | 편집 (02)3487-1161 · 영업 (02)588-0835

ISBN 978-89-527-6694-6 13810

미호는 아름답고 기분 좋은 책을 만드는
(주)시공사의 임프린트입니다.